爱上生命中的不完美

李宇晨　编著

煤炭工业出版社
·北京·

图书在版编目（CIP）数据

爱上生命中的不完美 / 李宇晨编著. --北京：煤炭工业出版社，2018（2023.11 重印）

ISBN 978-7-5020-6956-8

Ⅰ.①爱… Ⅱ.①李… Ⅲ.①散文集—中国—当代 Ⅳ.①I267

中国版本图书馆 CIP 数据核字（2018）第 241500 号

爱上生命中的不完美

编　　著　李宇晨
责任编辑　马明仁
编　　辑　郭浩亮
封面设计　荣景苑

出版发行　煤炭工业出版社（北京市朝阳区芍药居 35 号　100029）
电　　话　010-84657898（总编室）　010-84657880（读者服务部）
网　　址　www.cciph.com.cn
印　　刷　永清县晔盛亚胶印有限公司
经　　销　全国新华书店

开　　本　880mm×1230mm $^{1}/_{32}$　**印张**　$7^{1}/_{2}$　**字数**　200 千字
版　　次　2019 年 1 月第 1 版　2023 年 11 月第 2 次印刷
社内编号　20180624　　**定价**　38.80 元

前言

当我们渐渐长大，生活中的酸甜苦辣渐渐灌注心灵的每一个角落，偶然回头，我们才知道自己已不再那么清纯。儿时的记忆如今已是我们茶余饭后的谈资，甚至成为我们嘲笑自己的理由，但我们永远都无法否定那时那个最真实的自己。

今天的我们已经长大，也渐渐失去了儿时的纯真，我们学会了掩饰，学会了让自己在更巧妙的周旋中适应这个社会，在不知不觉中变换了最清晰的色彩。迷蒙的，模糊的……

我是谁？我该以怎样的姿态出现，这似乎才是更值得我们加以推敲，加以重视的。是世界变了，还是我们变了？没

有人能说清楚。

可是，我们需要让自己休憩、反省、面对，面对那个最真实的自我。因为许多时候我们无法背叛自己的意志，无法逃脱心灵的指引。所以，我们的路更多的时候是自己心灵轨迹的真实再现。

面对真实的自我，不是让我们回到从前，而是让我们在生活的道路上认清自己，承认自己，悦纳自己，相信自己，造就自己。主动把握自己的人生，而不是被心灵的消极因素左右自己的命运。希望我们都能成为自己的主宰，因为这是主宰世界的决定因素，是我们成功的决定因素。

世界是客观的，我们是主观的，因为主客观的相对性，我们只有面对真实的自己，查漏补缺，以最积极的姿态步入人生的舞台，不会在危难时怯场，在得意时忘形。

面对真实的自我需要勇气，也需要智慧，二者缺一不可。希望读者能在此书中找到它们，并用它们剖析自己思想和心灵深处，在人生的最高境界放射自己最具魅力的光芒。

目 录

|第一章|

解除自我设限

|第二章|

自省

目录

|第三章|

别压抑你的潜能

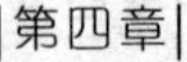

|第四章|

自我意识

第一章 解除自我设限

第一章
解除自我设限

不自我设限，内心就会强大

有人曾经做过这样一个实验：他往一个玻璃杯里放进一只跳蚤，发现跳蚤立即轻易地跳了出来。再重复几遍，结果还是一样。根据测试，跳蚤跳的高度可达它身体的400倍左右。

接下来，实验者再次把这只跳蚤放进杯子里，不过这次是立即在杯上加一个玻璃盖，“嘣”的一声，跳蚤重重地撞在玻璃盖上。疼痛的跳蚤十分困惑，但是它并没有停下来，因为跳蚤的生活方式就是“跳”。经过一次次被撞，跳蚤开始变得聪明起来了，它开始根据盖子的高度来调整自己跳的高度。再过一阵儿以后，发现这只跳蚤再也没有撞击到这个

盖子，而是在盖子下面自由地跳动。

一天后，实验者开始把这个盖子轻轻拿掉了，它还是在原来的这个高度继续跳。

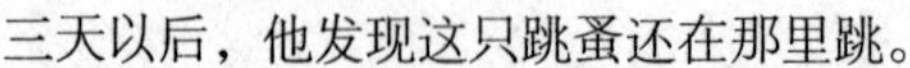

三天以后，他发现这只跳蚤还在那里跳。

一周以后，实验者发现这只可怜的跳蚤，还在这个玻璃杯里不停地跳着，但是它已经无法跳出这个玻璃杯了。

玻璃罩已经罩在跳蚤的潜意识里，罩在了跳蚤的心灵上，它行动的欲望和潜能被扼杀了。也就是说，生活环境使跳蚤迷失了自我，它不知道自己是善跳的跳蚤了。这是多么可怕的事实！科学家把这种现象叫作“自我设限”。

那么，什么是自我设限呢？自我设限是指个体针对可能到来的失败威胁，事先协调障碍，为失败创造一个合理的借口，从而保护自我价值，维护自我形象。

其实，“跳蚤的人生”是很多人的一个缩影。在生活中，有许多人也像实验中的那些跳蚤一样，年轻时意气风发，屡屡去尝试成功，但是往往事与愿违，屡屡失败。几次失败以后，他们不是开始抱怨这个世界的不公平，就是怀疑自己的能力，甚至觉得自己一无是处，继而，他们再也不是千方百计地去追求成功，而是一再地降低成功的标准，即使

原有的一切限制已取消，他们依旧会选择继续“堕落”的人生。就像刚才的“玻璃盖”虽然被取掉，但跳蚤早已经被撞怕了，或者已习惯不再跳出高于盖子的高度了，也不再跳上新的高度了。总之，很多人往往因为害怕失败，所以不愿意再去追求成功，而甘愿忍受失败。

难道跳蚤真的不能跳出这个杯子吗？绝对不是。只是它的心里面已经默认了这个杯子的高度是自己无法逾越的。当然，让这只跳蚤再次跳出这个玻璃杯的方法十分简单，只需拿一根小棒子突然重重地敲一下杯子；或者拿一盏酒精灯在杯底加热，当跳蚤热得受不了的时候，它就会跳出来。也就是说，需要给它们施加一些外力，它们才能走出自己设定的那个圈子。

人有些时候也是这样。很多人不敢去追求成功，不是因为追求不到成功，而是因为他们的心里面也默认了一个“高度”，这个高度常常暗示自己的潜意识：我成功是不可能的，这是没有办法做到的。“心理高度”是人无法取得成就的根本原因之一。

要不要跳？能不能跳过这个高度？能有多大的成功？这一切问题的答案，并不需要等到事实结果的出现，而只要看

看一开始每个人对这些问题是如何思考的，那么答案自然就会出现了。

所以，我们千万不要自我设限。每天早晨醒来，我们就要大声地告诉自己：“我是最棒的，我一定会成功！”我们每个人都可能因为害怕做不到某些事情而画地为牢，使无限的潜能只能化为有限的成就。你可能一直认为一切都是命中注定的，现实的一切都不可超越。但是，你必须认识到不管你持有此观点的时间多长，你都是错误的。因为没有什么绝对的命中注定，你完全可以通过改变自己的态度和习惯来改善自己的生活，实现你的目标。

许多人其实应该更为成功，但是因为他们安于现状，所以使自己限于目前的成就而无法突破。人们常常在自己生活的周围筑起樊篱，要么就生活在某些局限里。这些局限有些是家人、朋友强加的，有些是自己强加的。他人给自己的局限非常明显，但是自己强加给自己的就难以察觉了。有时，自己认为自己反应迟钝，认为缺乏别人拥有的潜能和精力，认为自己一生只能庸庸碌碌等。这些都是自己给自己设定的限制，自己给自己套上的枷锁。

有个农夫展出一个形同水瓶的南瓜，参观的人见了都啧

啧称奇，追问是用什么方法种的。农夫解释说："当南瓜拇指般大小的时候，我便用水瓶罩着它，一旦它把瓶口的空间占满，便停止生长了。"

自我设限的人就如同那个南瓜一样，他们喜欢把自己关在心中的樊篱里，就像水瓶罩住的南瓜一样，等于自己放弃了让自己成长的机会，那么自己没有什么大的突破和发展也就在情理之中了。

有一个人因为小时候得了小儿麻痹症，长大后双腿高低不平，走起路来一瘸一拐的，头都不敢抬。因为自卑，他毕业以后一直都没有找到工作。但是一个偶然的机会，他读了一本书，书中说人们只是喜欢把自己关在早已形成的樊篱中，其实每个人都有很大的潜能，只是没有被挖掘出来而已。通过阅读那本书，他知道了如何打破心中的瓶颈，不再自我设限。最终，他克服了心理障碍，很快找到了工作，而且在短短半年的时间里，他做了一家大型集团驻某地办事处的经理，表现非常优秀，深得老板器重。

故事中的这个人之前因为自卑，认为自己身体上的残疾会影响自己的发展，因而认为自己以后一定会一事无成。就

因为外在条件的不足让他自我设限，认为自己已经定型，无法改变了。但是之后，当他走出自我设置的障碍之后，成功地克服了自己的心理障碍，才有了现在的结果。

所以，我们不要把自己设定为何种人，我们要告诉自己："我一向都是这样，那就是我的本性！"这种态度会改变你的惰性，有助于你的成长。

我们容易把"自我描述"当作自己不求改变的辩护理由；更重要的是，它能够让你固持一个荒谬的观念：如果做不好，就不要做。

一旦你认定了自我是个懦弱的人，你就会否认自我，对自己失去信心和勇气。我们要知道，当一个人必须去遵守标签上的自我定义时，自我就不存在了。他们不去向这些借口及其背后的自毁性想法挑战，却只是接受它们，承认自己一直是如此，最终只能导致自毁。

一个人，描述自己比改变自己容易多了。无论什么时候你要逃避某些事情，或者掩饰人格上的缺陷，总可以用"我一直这样"来为自己辩解。事实上，这些定义用多了以后，经由心智进入潜意识，你也开始相信自己就是这样，到那时候，你似乎定了型，以后的日子好像注定就是这个样子

了。无论何时，你一旦出现那些“逃避”的用语，应马上大声纠正自己——“那是以前的我”“如果我努力，我就能改变”“以前那是我太消极”。

所以，我们要将任何妨碍自己成长的“我怎样怎样”，均改为“我选择怎样怎样”。不要做一个困兽，要冲出自制的樊篱，做一个真正的自我，发挥自己的潜能，才会成为真正的自己。只要自己想成功，就有成功的可能。

正如上面所说，自我设限杀死了人的潜力，让人失去了继续前进的动力和奋斗的勇气，而在结果到来之前，自己却浑然不知。这一切来得那么悄无声息，可是这件事是如何发生的呢？

看了下面这个故事，也许我们就会茅塞顿开。

有个青年人要参加舞会，但是他身上有个枷锁——“我害羞”。这个害羞的根源来自于他的经历，可能会追溯到他小的时候。在这里，我们暂且不提他的过去，只把重点放在这次舞会上。他认为自己害羞，而且他越是担心，他的表现越是如此。他看到旁边有一群人，又说又笑，好像挺有意思的，他心里想：“如果可以跟他们认识一下应该不错。”于是下一步，他打算上前去说话，“首先，我应该上前打个

招呼。”这个时候，他那把害羞的枷锁让他突然意识到：“不，我不能！”然后他开始问自己：“为什么我不能？”他找到了答案：“哦，原来我是个害羞的人！”于是，他更加坚定了他是个害羞的人。最后，直到舞会结束，他也没有结识一个人。

这个典型的例子告诉我们，人一旦形成自我设限，将会让自己陷入一个个恶性循环当中。更为可怕的是，在每个循环之中，我们不会感到一丝的奇怪。这就是为什么自我设限对人的负面影响是其他弱点所不及的！

另一方面，你平时可能没有注意过你的思考方式和对事物的预见性，于是习惯了给自己设个樊篱。你自我设限的原因不是不相信自己能成功，或是相信能完成某事，但是不觉得能又快又好地做到。

比如，你给自己定了一个目标是：一年赚10万元，其实经过努力你完全能赚20万元，结果由于你的自我限制，虽然你能达到自己的目标，但是你没有发挥出你的潜力，也就没能做得更好。

其实，在生活中，很多人都是自己在限制自己的能力，因为他们对自己不自信，低估了自己的实力，但是实际上，

这样做的结果还不如不去制订目标，因为这样的目标只会限制你的成功，根本没有任何积极意义可言。

安东尼·罗宾在27岁的时候还只是一年赚2万美金的穷小子，为了改变这一点，他给自己提出更高的要求，要在28岁那年赚25万美金。我们可以想象一下，对于一个年轻人来说，这是一个多么有难度的挑战？所有与其有关系的人，都为之捏了一把汗。那么，结果是怎样的呢？第二年，他赚的数额远远超过了25万美金，整整赚了100万美金。

在这里，我列举安东尼·罗宾的例子，只是想告诉大家：人的潜力是无穷的，你不要局限自己的潜力发挥，你不要怕制定更高标准的要求，因为你绝对可以做得更好。

总之，无论是生活中还是工作上，我们在做每件事情前，都不要给自己设定界限，以免让自己做事的时候蹑手蹑脚。而当我们给自己制定一个比较低的标准之后，虽然可以顺利完成，也会在心里感到满足，甚至为此沾沾自喜，但是这对我们的成长和进步来说没有丝毫好处。

主动争取，操之在我

操之在我，就是需要我们从多个角度去思考问题，主动寻找属于自己的东西。而不是用单一的思维去考虑把自己困在独木桥上。那些善于操之在我的人，他们不断激励自己使用积极的思维，使自己保持轻松、愉悦的心情和健康的心态。

有人曾做过这样一个有趣的比喻：人就像一台电脑，身体是电脑的显示器、主机、外部设备，思想就像电脑所安装的软件，然而我们可以选择是否安装这些软件，或者安装哪些，不安装哪些。换句话说，就是我们选择了怎样的心态、思想方法和思维方式，也就决定了我们会有怎样的人生。

第一章
解除自我设限

在一个小餐馆里，有两个人进行了这样一段对话：

年轻人说："唉，公司现在的情况我已经无能为力了。"

"我的公司也一样遇到了问题，可是我仍然在尝试着找其他的解决方法。"中年人说道。

"算了，我就是这样的一种人。"年轻人叹一口气说。

中年人看了看窗外，对年轻人说道："对于你的说法，我一点都不赞同。你应该像我一样，选择各种不同的作风。"

"可是你根本不知道，公司的那些股东使我怒不可遏，我受够了他们。"

"看来我比你的情况好得多，我可以控制自己的情绪，即使股东们发再大的脾气，我一样快乐地工作着。"中年人说。

青年人泯一口杯里的咖啡，又对中年人说道："你的股东、员工还能接受你吗？我想我的股东和员工都不会再接受我了，我让他们损失了太大的利益。"

"一开始，股东和员工对我都失去了信心，可是我想了许多有效的表达方式，尽量让他们再一次相信我，现在我已经快走出这个困境了。"

"我没有解释的机会，我被迫离开会议室已经不是第一

次了。”青年人无奈地说。

“这种情况一直没发生在我身上，对于他们的议论，我每一次都能给出恰当的回答。”

“算了，不说这些了，我现在只有一个最大的愿望，如果有机会，我会给股东和员工们补回所损失的利益。”

中年人无奈地笑了笑，然后对青年人说：“我已经有一个打算了，对于公司的损失很快就会有所弥补。”

从两人的对话里我们可以看到，像这样给自己上了枷锁一样，在生活中最明显的表现就是随波逐流，成功火种早已熄灭。我要帮你重新点燃你的成功火种，也许你已经习惯于做事之前给自己画框框了，改掉自我设限可能还真不是件容易的事。看到了吗？不自觉间你又开始自我设限，这样就不能提高你的期望值。

他们的对话让我产生了这样一种感触：每个人都有属于自己的生活方式。有人富有，有人贫穷；有人快乐，有人悲伤；有人积极，有人消极。其实，我们每个人都有权利选择属于自己的人生，关键只在于你是否主动争取。

由于你早已习惯自我设限，就像给每个空坟墓早已安上墓碑一样，破除这种恶习的一个重要方法是不断给自己制订

新高度。人生的远大目标，你想要什么，是由一个个小目标所实现的。当你已经具备了自我制订目标并完成的能力的时候，那么我们现在所要做的事，就是把这之前自我设限的那些低目标提高一些，每个小目标都提高一点点，人生将会提高一大块！

例如碰到一项工作，现在的你觉得自己最快在三个小时完成。OK，那么我要求改为两个小时。在这样一个新的高度下，你就要集中精力释放自我潜力，当你在两个小时后完成工作时，你会重新认识自己，觉得原来所认为的三个小时的工作时间是极端错误的。你会为此感到振奋，如果经常能找到新高度，并且超越原来的界限，那么就会极大地提高你以后的成功概率。

现在你可以做一件很重要的事，就是把原来的界限提高一个单位，经过自己的努力打破原来的界限，实现现在的目标。这样做的目的在于当你的自信心达到一定的高度时，你根本不需要想任何界限，而是自动高效地实现长远目标。

通过上面的分析，我们可以很清楚地看出，“受制于人”和“主动争取”两种状态的区别以及这两种状态所带来的不同结果。受制于人者，他们被现在的环境所左右，在心

里始终存放着消极的思想，很难有所突破；而那些操之在我的人，他们积极主动地追求自己想要获取的，这样的人更容易取得成功。

每天早上我们乘公交车上班，都有售票员在那里指挥大家往车里面走，一大部分人在售票员指挥的时候会老老实实地往里面走，即使是在挤不动的情况下，也会尽力挤一小块儿地方出来，这是一种好品格，同时也是一种受制于人的境况。

然而那些操之在我的人，他们虽然也会往里面走，但是唯一不同的是，他们遇到挤不动的情况就会一动不动，无论售票员如何大叫都不为所动。

这两种人得到的是两种不同的结果，受制于人者只能获取狭小的空间，而操之在我的人得到了更大的空间，也省去了拥挤的麻烦。

在生活中，那些受制于人的人和主动争取的人相比较而言，后者所有的情绪都完全由自己控制，不被他人所左右。也只有这些主动争取，操之在我的人才能最大化地发挥自己的影响力，让自己发出更耀眼的光芒。换句话说，我们每个人都可以利用自我意识来检讨自身的观念，这同时也会对我们选择自己的人生产生一定的影响。

第一章
解除自我设限

远离自我设限

我们心中都有梦，希望过高品质的生活，拥有一个更加完美的人生。希望能改变这个社会，甚至可以给这个世界带来更多的精彩，然而你的自我限制让梦想缩水，再也提不起精神去渴望，更加无法实现。

那么从此刻开始，你就要突破自己设定的框架，激发内心的无穷潜力，只有这样才能成为赢家。如果你想改变自己的生活，改变自己的人生，那么你就要先改变自己的要求，你可以在纸上写下一切所不愿意接受的事情、一切所不愿再忍受的事情以及一切所希望改变的事情。

爱上
生命中的
不完美

如果你总是拖着沉重的枷锁生活，那你就等于每天都在扼杀自已的潜力和欲望！

很多年以前，在美国纽约的街头，有一位卖气球的小商贩。每当他生意不好的时候，总要向天空中放飞几只气球。这样，就会引来很多玩耍的小朋友围观，慢慢地，看的人多了，他的生意也就开始好起来了，很多人都开始兴高采烈地买他那色彩艳丽的氢气球。

一天，当他在纽约街头重复这个动作时，他发现在一大群围观的白人小孩子中间有一位黑人小孩，正在用疑惑的眼光望着天空。他在望什么呢？小贩顺着黑人小孩的目光望去，他发现，天空中一只黑色的气球也在飞。他知道，黑色，在黑人小孩的心中，代表着肮脏、怯懦、卑劣和下贱。

精明的小贩很快就看出了这个黑人小孩的心思，他走向前去，用手轻轻地触摸着黑人小孩的头，微笑着说："小伙子，黑色气球能不能飞上天，在于它心中有没有想飞的那一口气，如果这口气够足，那它一定能飞上天空！"

这是美国著名的心理医生基恩博士演讲时所讲的故事。这个故事精彩极了，因为它让人们明白一个道理：气球能不

能飞上天，关键在于气球里边有没有那口气，而不是在于气球的颜色。如果你认为你飞不起来，那你肯定就飞不起来。但是如果你有足够的勇气和信心，你就可以飞起来。

我在这里借着这个故事想告诉大家的是，别人都在拼命地想飞起来，谁又有时间跟你说：“嘿，你怎么不试试呢？”

也许你会想，不可能的，我都这么大年纪了，怎么能跑那么远？我学历那么低，公司怎么会雇用我？我长得不够漂亮，他怎么会喜欢我？如果你真的曾这样想过，或者现在这种想法依然盘踞在你的心灵深处，那么，你跟懦夫有什么区别？

你知道吗？由于你的自我设限，导致身体内无穷的潜力和欲望没有发挥出来。自我设限和其他人性的弱点一样，让你流入平庸之辈！

我们在做每一件事之前，自己的想法决定了你做事的态度，而我们做事的态度很大程度上影响着我们是否可以比较好地完成这件事情。

在你的心中，你是不是经常跟自己说“噢，我不行”“我性格内向”“我害怕与人交往”“我的工作能力不行”等等。你的表现是什么样？在下列情景中找到你自己：

（1）你经常对“有经验”的事情非常自信，而当你接受

新的任务时，你感到一点害怕；

（2）你想追求一位女孩，但是你觉得自己的相貌配不上她；

（3）你对自己做饭的手艺实在没有信心，你常常跟别人说："我天生就是不会做饭的人。"

（4）有一位好朋友邀请你一起去旅行，你跟自己说"我太老了"或"我的身体肯定会吃不消的"，然后拒绝朋友的好意，你也因此失去了一段快乐的旅行；

（5）老板让你做某些事，而你感到自己太老或太年轻，于是你感到力不从心；

（6）你一直想开办个企业，虽然你有一定的经验和技术，但是你觉得筹集资金对你来说太难了；

（7）你将参加一个鸡尾酒会，而且你可能会被客人的酒量所吓倒，那么你会在酒会前喝醉，并且要确保让所有的人都知道你喝醉了。这样做了以后，你就可以这么说："如果我不是喝醉了，我可以与他们中酒量最好的人比试一下。"

（8）你经常为自己的相貌感到苦恼，最后你得出这样的结论："我就是长得不漂亮。"

在和爱人逛商场之前，你跟他说："我觉得在那个商场肯定不会买到好衣服，那里一向如此。"

（9）你现在很痛苦，因为你在事业上屡屡失败，你觉得你肯定不会有获得成功的那一天了，你会在心里对自己说：“我命中注定就是这样倒霉。”

每个人对自己的评价都源于他过去的经历。然而，我认为过去只不过是一堆灰烬而已。现在你可以重新审视一下自己，你在多大程度上受束于过去的自己，所有自我挫败都是因为使用了消极性言辞的结果，我想你会经常说“我就是这样”“我总是这样”“不知怎的，我就是控制不了自己”“我天生就是这样的”……

这些消极的让人不思进取的“标签”时时刻刻束缚着你，就像套在你身上的枷锁。这就是为什么很多人能在短短时间内取得突飞猛进的成就，也是大多数人甘于碌碌无为生活的原因。请认真审视一下自己，你身上是否有这些自我否定的枷锁？

“我害羞。”

“我懒惰。”

“我胆子小。”

“我总是担忧。”

“我记性不好。”

“我不善于手工活。”

“我动不动就感到累。”

“我不善交际。”

“我太胖了。”

“我没有责任心。”

“我太粗心大意了。”

“我容易紧张。”

“我肯定做不来。”

“我总爱发火。”

“我不懂音乐。”

……

虽说这些话语就像枷锁一样会影响你，但是真正的问题不在于你给自己套上哪种枷锁，而在于你是否主动给自己设立了枷锁。你可知道，这些自我设限的枷锁对你的伤害是很大的。

有一次，我去中关村找一位朋友，在路过太平洋电子城时，一个年龄和我差不多的女孩向我走了过来，她挡在我的面前，用一口标准的普通话对我说：“先生您好，我是纽曼直销公司的，我们的新产品刚刚上市，正在做活动，如果运

气好会有机会得到我们最新款的平板电脑一台。”由于我着急去见朋友，所以没有回答女孩的话，直接走了过去。女孩并没有放弃，她又追上我，并把手中的宣传单递给我一张，对我说：“这是我们的宣传单和我的名片，希望您有兴趣，如果有需要可以去我们的柜台上购买。”

我接过女孩手中的宣传单就走了，刚好前面有一个垃圾桶，我也没有看上面的内容，直接把宣传单与名片一起丢了进去。刚走出去几步，女孩就追了上来，她用一种很奇怪的眼神看着我，然后对我说：“对不起先生，我知道您在赶时间，也不会有时间到我们柜台上，所以希望你能把我的名片和宣传单还给我。”

对于女孩的这一举动，我一下呆住了，大约有半分钟的时间，然后不好意思地对她说：“对不起，你的名片已经脏了，现在不适合还给你。”

“没关系的，脏了我也要。”女孩坚定地说道。

“可是，你的名片和宣传单已经让我丢进垃圾桶了，要不我付钱给你行吗？”我不好意思地说道。

女孩用一种很生气的口吻说道："那好，你给我一块钱。"

我没有说什么，从皮夹里拿了一元钱给女孩，可是她没有接，对我这样说道："我的名片和宣传单只值5毛钱，所以我应该再给你一份。但你要记住，不要当面随意地把他人的好意扔进垃圾桶，这样做很不礼貌。"女孩说完就走了。

几天后，我给朋友买了一台最新款的平板电脑，而这正是在那天那个女孩的柜台上买的。

我说这件亲身经历的事情，就是要告诉大家，受制于人者觉得自己已经看得见希望时，才会努力上进；操之在我者努力上进，创造了看得见的希望，并积极地从事手头的工作，创造了许多意想不到的机会。

也许有人会觉得在现实生活中，我们会因为一些问题而使情绪发生变化，也会因此认为，个人的情绪表现是由某些不顺心的事所引起的，其实并不是如此，由于我们在成长的过程中已经形成了许多固定的思维模式，当遇到不如意的事情时，我们就会认为那是不好的事情，从而思考在未来的日子里，是不是一样会如此。

此外，还有一种可能，那就是我们总在往坏的方面想，

不去想那些积极的方面。所以，由于个人的看法、认识等内部因素对外部刺激形成的固定反应，才使得外部因素更多地决定了个人情绪。

其实，我们只要仔细地观察、研究就会发现，我们所说的受制于人和操之在我，都是受我们自己的情绪所影响的。生活中，我们的情绪会受到许多因素的影响。这些影响又分为内部因素和外部因素，主要包括他人的看法、某一件突发事件、成功与失败、环境、天气情况、身体状况，等等。

这些因素决定了我们情绪的变化和行为特征，其中个人的观点、看法和认识等内部因素，直接决定了我们的情绪表现，而个人成败、恶言恶语等外部因素，则通过影响内部因素而间接决定人的情绪表现。一句话，自我设限对人的影响是极大的，我们要学会操之在我。

操之在我，所提倡的是需要我们能够灵活地调整内部因素和外部因素，从而改变那些固定反应。希望我们都能秉持“脚踏实地，努力耕耘”的理念，投入极大的热情，开始双手打拼的行动，最终快乐地享受自己通过劳动收获的甜美硕果。

自我设限，你在扼杀自己的潜力

你把自我设限作为满足自己自信的一个借口，自我设限的表现就是这样，对事情的把握过于依赖你自己所积累的“经验”，其实，自我设限如同形影不离的杀手一样，当你想释放你潜力的时候，它便出来大喝一声，让你退缩！每件事都不能发挥到极致，这样累积起来，你的成功概率会越来越小。别人花一年达到的水平，你却需要五年的时间才能实现。所以，对于你来说，自我设限不是提高成功率，相反，对你来说，它是一块顽石，阻碍你前进，不让你成功。

因为你的心里面默认了一个“高度”，这个高度常常暗

示自己：成功是不可能的，是没有办法做到的。所以，你不敢去追求成功。对于一个人来说，“心理高度”是人无法取得伟大成就的原因之一。

如果上帝告诉你，你肯定能赚1000万元，那么你就不会给自己制订只赚100万元的目标。我们很多人就是因为不知道自己到底能实现多大的成功而为自己定低了目标，从而影响了自己的前进和所创造的价值。

换句话说，你有多大的野心，就可能有多大的成就，如果你没有野心，也就很难取得任何成就。我们应该明确一个道理：失败常常不是因为我们不具备这样的实力，而是在心理上默认了一个“不可跨越”的高度限制。

六年前，一位朋友南下求职，因为她有自己的专长和独特的才华，我觉得她完全可以独立负责一个部门的运行问题。

于是我给一家电信公司的余总工程师写了一封推荐信，然后让朋友约定时间面试。没想到她却说自己从来没有在这样大的电信公司做过主管，恐怕面试无法通过，或者做不好工作，影响我和朋友的面子，想要“退而求其次”。

接下来，她开始给几家用人单位寄去简历，但是足足等

了半个月，都是石沉大海，毫无消息；接着，她又去找区级人才市场或者职业介绍所，见了几家用人单位，结果是“高不成而低不就”。

最后，她打电话给电信公司的总工程师，总工办秘书接过电话问道：“请问您找哪一位？”她回答说：“请找总工程师。”秘书说：“对不起，他正在开会，可以请您留下口信吗？”她又不好意思留口信。

一周后，我给她讲了我们前面讲过的那个“跳蚤的故事”，朋友很快领悟，第二天一上班，她就给余总打电话，又是秘书接的电话，但她直呼余总的名字，秘书不敢怠慢，很快接通电话……

现在，我这位朋友早已成为该公司的设计室主管。余总多次对我说：“我真该感谢你，你给我们公司介绍的这位同事诚实、能干、进步最快。”

其实，我们许多人也都跟我朋友之前的心理一样：因为在心理上默认了一个“不可跨越”的高度极限，而甘愿忍受失败者的生活。

由于你害怕表现失常，从而导致不敢追求，最后获得惨

败，周围的人将会对你的能力产生怀疑，你的自尊和自信将受到严重打击，你会更加依赖于经验。你做事情蹑手蹑脚，害怕失败，于是便在做每一件事之前都会自我设限，导致你的潜力始终都无法爆发出来，你只能像大多数人一样平庸地活着。

我要告诉你，在我开始步入社会的时候，我也害怕自己由于达不到目标而失败，但是每当想到人的一生多么短暂，我就不断激励自己，一定要在这样短暂的日子里，尽力做出最伟大的成就。希望你也能够这样来想，你就可以不用害怕失败，继而为自己的目标努力奋斗，直到实现的那一天。

对于人类所拥有的无限潜能，世界顶尖潜能大师安东尼·罗宾曾讲过这样几段小故事：

有一位名字叫作梅尔龙的已被医生确定为残疾的美国人，他靠轮椅代步已12年。原来他也有一个健康的身体，但是19岁那年，他赴越南打仗，被流弹打伤了背部的下半截，被送回美国医治，经过治疗，他虽然逐渐康复，却没法行走了。

他整天坐轮椅，整个人也变得消沉了许多，他甚至觉得自己此生走到这里就已经完结，有时为了发泄心中的闷气，他就借酒消愁。

有一天，他从酒馆出来，照常坐轮椅回家，却碰上三个劫匪，动手抢他的钱包。他拼命呐喊，拼命抵抗，没想到却触怒了这些劫匪，他们竟然放火烧他的轮椅。轮椅突然着火，一瞬间，梅尔龙似乎忘记了自己是残疾人，他拼命逃走，竟然一口气跑完了一条街。

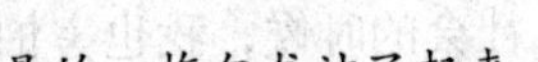

是的，梅尔龙站了起来。

事后，梅尔龙说："如果当时我不逃走，就必然被烧伤，甚至被烧死。我忘了一切，一跃而起，拼命逃跑，及至停下脚步，才发觉自己能够走路。"现在，梅尔龙已身体健康，完全与常人一样随意走动，而且，他还在奥马哈城找到一份职业，开始了正常人的生活。

第二个故事是这样的：

有两位年近70岁的老太太，其中一位认为到了这个年纪就算是走到了人生的尽头，于是便开始料理后事；另一位却认为，一个人能做什么事不在于年龄的大小，而在于有什么想法。

于是，第二位在她70岁高龄之际开始学习登山。在随后

的25年里，她一直冒险攀登高山，其中几座还是世界上的名山。后来，她还以95岁高龄登上了日本的富士山，打破了攀登此山的最高年龄纪录。她就是著名的胡达·克鲁斯老太太。

某报纸曾刊登了这样一则消息：

有一位农夫，他在谷仓前面注视着一辆轻型卡车快速地开过他的土地。他14岁的儿子正开着这辆车，由于年纪还小，他还不够资格考驾驶执照，但是他对汽车很着迷，似乎已经能够操纵一辆车子，因此，农夫就准许他在农场里开这辆客货两用车，但是不准上外面的路。

但是突然间，农夫眼看着汽车翻到水沟里去，他大为惊慌，急忙跑到出事地点。他看到沟里有水，而他的儿子被压在车子下面，躺在那里，只有头的一部分露出水面。这位农夫并不很高大，他只有170公分高，70公斤重。但是他毫不犹豫地跳进水沟，把双手伸到车下，把车子抬了起来，足以让另一位跑来援助的工人把那失去知觉的孩子从下面拽出来。

很快，当地的医生就赶来了，仔细地给男孩检查了一遍，幸运的是孩子只有一点儿皮肉伤需要治疗，其他毫无损伤。

这个时候，农夫自己开始觉得奇怪了，刚才他去抬车子的时候根本没有停下来想一想自己是不是抬得动，处于好奇，他打算再试一次，结果根本就动不了那辆车子。

医生说这是奇迹，农夫的身体机能对紧急状况产生反应时，肾上腺就大量分泌出激素，传到整个身体，产生出额外的能量。这就是他可提出来的唯一解释。

要分泌出那么多肾上腺激素，首先当然体内得产生那么多腺体。如果自身没有，任何危急都不足以使其分泌出来。由此可见，一个人通常都存有极大的潜在体力。这一类的事还告诉我们另一个更重要的事实，农夫在危急情况下产生一种超常的力量，并不仅是肉体反应，它还涉及心智的精神的力量。当他看到自己的儿子可能要淹死的时候，他的心智反应是要去救儿子，一心只要把压着儿子的卡车抬起来，而再也没有其他的想法。可以说是精神上的肾上腺引发出潜在的力量。而如果情况需要更大的体力，心智状态，就可以产生出更大的力量即潜能。

以上这几个故事都是关于人类巨大的潜能的真实例子。俗话说，狗急能够跳墙，人急能够爆发潜能，一点儿都不为过。对此，安东尼·罗宾指出，人在绝境或遇险的时候，往

往会发挥出不寻常的能力。人一旦意识到自己已经没有退路，就会产生一股“爆发力”（这个农夫抬起汽车就属于“爆发力”），这种爆发力即潜能。人的潜能是多方面的：体能、智能、宗教经验、情绪反应等等。然而，由于情境上的限制，人只发挥了其1/10的潜能。

潜能是人类最大而又开发得最少的宝藏！无数事实和许多专家的研究成果告诉我们：每个人身上都有巨大的潜能，只是没有开发出来。美国学者詹姆斯根据其研究成果说：“普通人只开发了他蕴藏能力的1/10，与应当取得的成就相比较，我们不过是半醒着的。我们只利用了我们身心资源的很小很小的一部分。”

此外，科学家还发现，人类储存在脑内的能力大得惊人，人平常只发挥了极小部分的大脑功能。要是人类能够发挥一大半的大脑功能，那么可以轻易地学会40种语言、背诵整本百科全书，拿12个博士学位。这种描述一点也不夸张，很符合科学研究的结果。

安东尼·罗宾告诉我们，任何成功者都不是天生的，成功的根本原因是开发了人的无穷无尽的潜能。只要你抱着积极心态去开发你的潜能，你就会有用不完的能量，你的能力

就会越用越强。相反，如果你抱着消极心态，不去开发自己的潜能，那你只有叹息命运不公，并且越消极越无能！每一个人的内部都有相当大的潜能。

伟大的发明家爱迪生小的时候曾被学校教师认为愚笨，而失去了在正规学校受教育的机会。可是，他在母亲的帮助下经过独特的心脑潜能的开发，成为世界上最著名的发明大王，一生完成两千多种发明创造。他不但发明了电灯，给整个人类带来了光明，他还在留声机、电话、有声电影等许多项目上进行了开创性的发明，从根本上改善了人类生活的质量。这是人的潜能得到较好开发的一个典型。

爱迪生曾经说："如果我们做出所有我们能做的事情，我们毫无疑问地会使我们自己大吃一惊。"从这句话中，我们可以提出一个相当科学的问题："你一生有没有使自己惊奇过？"你有没有听过一只鹰自以为是鸡的寓言？

一天，一个喜欢冒险的男孩，爬到了父亲养鸡场附近的一座山上，发现了一个鹰巢。他从巢里拿了一只鹰蛋，带回养鸡场，把鹰蛋和鸡蛋混在一起，让一只母鸡来孵。孵出来的小鸡群里有了一只小鹰。小鸡和小鹰一起长大，因而不知道自己除了是小鸡外还会是什么。起初，它很满足，过着和

鸡一样的生活。但是，当它逐渐长大的时候，它的心里就有一种奇特不安的感觉。它不时地就会想："我一定不只是一只鸡！"只是它一直没有采取什么行动。

直到有一天，一只了不起的老鹰翱翔在养鸡场的上空，小鹰感觉到自己的双翼有一股奇特的新力量，感觉胸膛的心正猛烈地跳着。它抬头看着老鹰的时候，一种想法出现在心中："养鸡场不是我待的地方。我要飞上青天，栖息在山岩之上。"它从来没有飞过，但是它的内心里有着力量和天性。它展开了双翅，飞到一座矮山顶上。极为兴奋之下，它再飞到更高的山顶上，最后冲上了青天，到了高山的顶峰，它发现了伟大的自己。

看到这个寓言的人可能会说："那不过是个很好的寓言而已。我既非鸡，也非鹰。我只是一个人，而且是一个平凡的人。因此，我从来没有期望过自己能做出什么了不起的事来。"

或许这正是问题的所在——你从来没有期望过自己能够做出什么了不起的事来。这是实情，而且这是严重的事实，那就是我们只把自己钉在我们自我期望的范围以内。

但是人体内确实具有比表现出来的更多的才气，更多的

能力，更有效的机能。

在战争期间，有一名海军水兵，他是一个脑筋清楚、思路条理分明的人，对此，他身边的人无一不感到惊奇，毫无疑问，他在危机中表现出来的能力也使他自己惊奇不已。

那是在二战期间，一艘美国驱逐舰停泊在某国的港湾，那天晚上万里无云，明月高照，一片宁静。一名士兵照例巡视全舰，突然停步站立不动，他看到一个乌黑的大东西在不远的水上浮动着。他惊骇地看出那是一枚触发水雷，可能是从一处雷区脱离出来的，正随着退潮慢慢地向着舰身中央漂来。

他抓起舰内通讯电话机，通知了值日官。而值日官马上快步跑来。他们也很快地通知了舰长，并且发出全舰戒备信号，全舰立时动员了起来。

官兵都愕然地注视着那枚慢慢漂近的水雷，大家都了解眼前的状况，灾难即将来临。军官立刻提出各种办法。他们该起锚走吗？不行，没有足够时间；发动引擎使水雷漂离开？不行，因为螺旋桨转动只会使水雷更快地漂向舰身；以枪炮引发水雷？也不行，因为那枚水雷太接近舰里面的弹药库。那么该怎么办呢？放下一支小艇，用一支长杆把水雷携

走？这也不行。因为那是一枚触发水雷，同时也没有时间去拆下水雷的雷管。悲剧似乎是没有办法避免了。

突然，一名水兵想出了比所有军官所能想到的更好的办法。“把消防水管拿来。”他大喊着。大家立刻明白这个办法有道理。他们向艇和水雷之间的海面喷水，制造一条水流，把水雷带向远方，然后再用舰炮引炸了水雷。

这位水兵真是了不起。你可以说他不平凡，因为他真的做了一件让人觉得很惊讶的事情，但是事实是，他确实就是个凡人，只不过他具有在危机状况下冷静而正确思考的能力。

其实，我们每一个人的身体内部都有这种天赋的能力，也就是说，我们每一个人都有创造的潜能。

所以，不论我们在生活和工作中会遇到什么样的困难或危机，我们都要坚信自己可以应对，只要你认为你行，你就能够处理和解决这些困难或危机。一句话，只要你对自己的能力抱着肯定的态度和想法，就一定能发挥出你的潜能，继而产生有效的行动，创造出属于你的成就和价值。

解除自我设限

弗洛伊德在人们的潜意识心理现象中发现，人都有一种排斥新思想的惰性。因为人类都有逃避痛苦的本能，一种伟大的新思想使人类的幻想破灭，点出人类过去的错误，揭穿掩盖的真相，人类便会逃避新思想以维持现存生活的安宁。这种保守的思维惰性源于潜意识，且根深蒂固。

什么是潜意识呢？

心理学家西格蒙德·弗洛伊德在其《精神分析学》理论中首先提出，潜意识是指潜藏在我们一般意识底下的一股神秘力量，是相对于“意识”的一种思想，又称“右脑意

识”“宇宙意识”。潜意识，也就是人类原本具备却忘了使用的能力，这种能力我们称为“潜力”，也就是存在但却未被开发与利用的能力。潜能的动力深藏在我们的深层意识当中，也就是我们的潜意识。

在现实世界，这项说法固然难以想象，但在潜在的世界则可能存在。每一个人都具备潜意识，只是过去并没有这种体验。

有人也许不知道，潜意识的发现始自催眠术。现代催眠术的原始形态是奥地利维也纳的医师梅斯梅尔所创立。但是第一次提出人类具有潜在意识学说的人，是西格蒙德·弗洛伊德。

弗洛伊德所谈的潜意识，是一种与理性相对立存在的本能，是人类固有的一种动力，他认为，人类有一种本能，也就是追求满足的、享受的、幸福的生活潜意识。这种潜意识虽然看不见摸不着，却一直在不知不觉中控制着人类的言语行动。在适当的条件下，这种潜意识可以升华为人类文明的原始动力。

根据维也纳大学康士坦丁博士估算，人类的脑神经细胞数量约有1500亿个，脑神经细胞受到外部的刺激，会长

出芽，再长成枝，也就是人们所说的神经元，它与其他脑细胞结合并相互联络，促使联络网的发达，于是开启了信息电路，然而人类有95%以上的神经元处于未使用状态，这些沉睡的神经元如果能够被唤醒，几乎人人都可以变成“超人”。

如果将人类的整个意识比喻成一座冰山的话，那么浮出水面的部分就是属于显意识的范围，约占意识的5%，换句话说，95%隐藏在冰山底下的意识就是属于潜意识的力量。

当然，这仅仅是理论值，就目前只用到很少的脑细胞的大脑，其耗氧量已经占到全身耗氧量的1/4。所以是不可能全部使用的。即使是爱因斯坦、爱迪生等天才人物，一生中也只不过运用了他们潜意识力量的2%。

因此，对于任何人来说，不论你聪明才智是高是低，也不论你成功背景是好是坏，也不论你的愿望多么高不可攀，你只要懂得善用这股潜在的能力，它就一定可以将你的愿望具体地在你的生活中实现出来。

潜意识如同一部万能的机器，任何愿望都可以办得到，但须要有人来驾驭它，而这个人就是你自己，只要你有心控制，只让好的印象或暗示进入潜意识就可以了。

潜意识大师摩菲博士说过：“只要我们不断地用充满希

望与期待的话来与潜意识交谈，潜意识就会让你的生活状况变得更明朗，让你的希望和期待实现。”

我们常说人定胜天，只要你不去想负面的事情，而选择去想有积极性、正面性、建设性的事情，你就可以左右你自己的命运。

潜意识有直接支配人行为的功能，比如支配人的一些习惯性动作、行为，等等，其实有一些人们自己也没有意识到的行为，也是潜意识在支配。

在生活中，有一些人遇到难题，马上想到“挑战”“想办法解决”，行动几乎同时跟上，觉得可以应对得了。但是也有另外一些人在遇到难题的时候，自觉地、甚至不加思考地就后退，不仅在内心想到自己会失败，而且也在行动上开始退却。这两种不同的心理暗示和行为其实都是过去不同经验的潜意识在起作用。

潜意识具有自动解决问题的思维功能，当我们冥思苦想某一难题，一时得不到解决时，我们可能会暂时停下来做别的事。结果突然有一天，我们突然找到了问题答案的线索，甚至完整的答案都从头脑中跳了出来，你惊喜万分。原来这便是潜意识在自动替你解决问题。这就是我们常说的所谓的

“灵感”，也就是潜意识的自动思考功能。潜意识的快速习惯反应，便可以形成超感和直觉功能。

据说，有些印第安土著人能从马蹄印迹中判断马走了多远，这种超感和直觉，实际上是长期与马、马蹄痕迹打交道形成的经验潜意识的习惯性反映。当然，母亲对婴儿的某些直觉，也是长时间和婴儿生活在一起的习惯潜意识的直接反应。

我们不仅可以在闻名遐迩的伟人身上看到从潜意识到创造性思维，我们也可以从凡人小事，也可以在生活中的每时每刻，发现有创造性思维的火花绽放。人的潜意识能够让你释放出难以置信的神奇潜能，这也是大多数人要寻找的结局和终端。

只要你敞开心胸、祷告、祈求并接受，潜意识就会让你获得新的感受、新的想法、新的发现，让你去创造全新的生活。它所赋予我们和向我们展示的一切都是生命的真实内涵，在生活中不断地逼迫自己去思考、学习，在努力学习中寻找自己的快乐的潜意识，从而改变自己的想法和观念。使用意识进行思考，你的习惯性思维就会渗入你的潜意识层，这里有创造一切的原动力，那就是信念。

如果人们能学会怎样感悟和释放潜意识中的潜能，去发

现自己的优点，那么，生活就会变得更加美好、幸福。获得这种力量并不需要我们付出超乎寻常的努力，因为很多潜力就隐藏在我们心灵的深处，它可以点燃我们内在的能量，让我们充满活力，最终顺利地实现自己的愿望，收获更多的成功和快乐。

集中精力做事

在做事情时，你必须知道一点，当有一个欲望出现的时候，你应该将80%的力气放在行动上，而不是凭空去想“我能不能成功”“我以前真的没有经验”。要知道，要想得到就必须做到，而不是靠想象。那些想法是自我设限的一种表现，只会直接左右你的行动，让你无法成功。

喜欢自我设限的人最喜欢说的一句话就是“不可能”，在做事情之前，你告诉自己“不可能完成”，结果是你便真的没有完成，于是你更加相信自己一开始给自己设定的高度。所以，从现在开始，你不要在做每件事情前面说“不可

能”，大胆去做。即使你失败了，也应该觉得自己努力了并不遗憾，你比那些不敢去尝试和努力的人要强多了！

楚国有位钓鱼高手，名叫詹何，他钓鱼的方法非常与众不同：钓鱼线只是一根单股的蚕丝绳，钓鱼钩是用如芒的细针弯曲而成的，而钓鱼竿则是楚地出产的一种细竹。但是，就凭着这一套钓具，再用破成两半的小米粒作钓饵，用不了多长时间，詹何就能从湍急的百丈深渊激流之中钓出满一辆车的鱼。这时我们再回头去看他的钓具：钓鱼线没有断，钓鱼钩也没有直，甚至连很细的钓鱼竿，也没有弯！

楚王听说了詹何竟有如此高超的钓技后感到十分惊奇，便派人将他召进宫来，询问其垂钓的诀窍。

詹何答道：“我听已经去世的父亲说过，楚国过去有个射鸟能手，名叫蒲且子，他只需用拉力很小的弱弓，将系有细绳的箭矢顺着风势射出去，一箭就能射中两只在高空翱翔的黄鹂鸟。父亲说这是由于他用心专一、用力均匀的结果。于是，我就学着用他的办法来钓鱼，花了整整五年的时间，从始至终全身心地投入，只关心钓鱼这一件事，其他什么都不想，全神贯注，排除杂念，在抛出钓鱼线、沉下钓鱼钩

时，做到手上的用力不轻不重，丝毫不受外界环境的干扰，这样，鱼儿见到我鱼钓上的钩饵，便以为是水中的沉渣和泡沫，于是毫不犹豫地吞下去。因此，我在钓鱼时就能做到以弱制强、以轻取重，也就能很轻松地在短时间内钓到很多鱼。

这个故事告诉我们一个成功的秘诀——将力用在一个方向上。

成功不在于做得多，而在于做得精。而要想做得精，做得好，那就必须全力以赴做一件事情。在美国，曾经有过这样一位商业奇才。他大学毕业后就开始做生意，而且几乎从没有亏本过。拥有了这样傲人的成绩之后，使他对自己的能力越来越自信。后来，他开始涉足多个行业，如股票投资、房地产投资、广告，甚至他还意气风发地对文化事业进行投资。但是，正在他向多方面进军的时候，他开始接二连三地收到投资失败的消息，资本亏损很大。等他冷静下来仔细思考的时候，他才发现自己失败的原因——创业目标太散。目标太多，仅凭自己的精力根本无法顾及所有的行业。于是，他抛开以前的得意忘形，认认真真地做起自己最拿手的行业，没过几年，人们又看见以前那个叱咤风云的商业奇才了。

因此我们说，一个人的精力总是有限的，如果他想在

各个领域都取得成功，几乎是不可能的。目标太多，力量分散，只能一事无成。我们只有抓住关键问题，集中用力，才能取得好的成绩。

过分思考的结果必然会引起你的自信心下降，目标降低，心态消极，影响你做事的准确性和效率。为什么优秀的射击运动员总是会取得好的成绩？因为他们一直都是这样做的：他们在瞄准靶心的时候，身体所有的焦点都放在远处的靶心上，这个时候他们的心如止水，从来不想会不会失败，会不会打偏，会不会被对手赶超，一旦心有所想必然导致脱靶。

也就是说，我们在做事情的时候，一定要注意集中精力，一旦精力有所分散就容易远离目标。给自己设定一个比较高的目标，就要集中所有的精力去做。此外，在做任何事情之前，我们都应该恰当地做一个充分的规划，这个规划不需要设定任何限制，只需想象一个美好的远景就可以。因为任何远大的目标都需要细致和精准的计划支持。

别再给自己上枷锁

自我设限让你在生活的各个层面都上了一把枷锁，就连最基本的衣食住行，你都不放过，也给自己画了个圈，圈住自己，让自己失去了自由的方向。如果你一直这样生活下去，那么你将与“坐井观天”的青蛙没什么区别了。其实，在自我限制的怪圈里，你就是一个活在井里的人，你的四周都是阻挡你的墙壁。

现在，你应该打破这层墙壁突破出去，你不知道往外走一步，世界将会给你一个大惊喜。其实很多时候，突破自我设限，就是突破自我极限，但是这对一个已经习惯被自我限制

的人来说太难了，不是吗?

事实上，很多成功的人，他们的一生都在不断地突破自我极限，他们突破的速度很快，于是只用了一生之中很短的一段时间就达到了其他人所不能达到的高度，享受了别人所不能享受的生活。

因此，请别再给自己套上枷锁，对你人生的成功之路来说，突破极限是至关重要的一环。

超越自我是对自身能力或素质的突破，这不仅仅是心理潜能的激发，更多的是人性的完善、境界的提高或智慧的凝结。

人在改造自然、构筑社会的过程中，会逐渐形成一些规范、感觉和认识，这些经验和教训的结果，有利于个体适应环境并且与环境互动协调。但是由于人的认识层次不够，获取的信息（或联系的刺激在人脑中的反应）不足，往往会变得片面，当然，这是谁都不能避免的。然而，片面所带来的规范异化、认识异化（成见）或本能的误导，对人适应环境是不利的，甚至成为人存在和发展的障碍。而突破就是针对异化和误导而来。

比如羞怯，这是人的自我收敛、自我保护意识的体现，是积极的，有利于维系人与人之间的关系。但是，过分的羞

怯，或已经成形的不分场合、不适时宜的羞怯，却常常成为人们前进或地位、关系拓展的障碍。所以，我们必须想办法克服羞怯心理。

克服一个自身的弱点，这本身就是一种超越自我的表现，但是，在相当多的时候，这种超越更倾向于人格的塑造。因为，大多数情况下，超越自我一般都要通过自我调节才能顺利实现，特别是心态的调节。

有时候，自我超越和自我调节并不能很严格地区分。自我调节可以看作是短期的行为，以暂时应对心灵的失衡与变化。自我超越的效应则更倾向于长期，那不仅仅依靠心理调适，还融合了充分的知识、条件，是心态的更好，是水平、境界、资源和能力的更高。

可以说自我超越少不了自我调节，因为个体需要磨合，不断调整、不断感觉，与自然和社会相应；但是自我调节未必能够促成自我超越，因为自我超越要复杂得多，那往往以自我突破为表现，再上一个台阶。

超越自我需要人积极不懈地努力。据研究发现，在超越自我的过程中，人的坚持和积累比素质和技巧都重要得多。水滴石穿的道理是通用的。

也许这个世界上真的有天才存在，但是不是天才的人做事的效率也可以通过学习改善；对于同一件事，效率高能进展快，但如果坚持和积累不够，离成功也许就只是一步之遥。对于我们大多数人而言，智力和能力上的差距并不是很大，知识和技巧的积累也差不多，所以，自我超越的重点更应该倾向于坚持和积累。只有下定决心，坚持到底，解开束缚自己的那套枷锁，我们就可以迎来属于自己的成功。

马斯洛需求理论

亚伯拉罕·哈洛德·马斯洛，1908年在纽约市布鲁克林区的一个犹太家庭出生。他是美国著名哲学家、社会心理学家、人格理论家和比较心理学家，人本主义心理学的主要发起者和理论家，心理学第三势力的领导人。

1970年8月国际人本主义心理学会成立，并在荷兰首都阿姆斯特丹举行首届国际人本主义心理学会议。

1971年，美国心理学会通过设置人本主义心理学专业委员会，这两件事标志着人本主义心理学思想获得美国及国际心理学界的正式承认。遗憾的是，马斯洛本人未能亲眼看到

他多年为此事鞠躬尽瘁所获得的成果。

著名哲学家尼采有一句警世格言——成为你自己！马斯洛在自己漫长的生命历程中，不仅将毕生精力致力于此，更以独特的人格魅力证明了这一思想，成功地树立了一个具有开创性的形象。

《纽约时报》评论说："马斯洛心理学是人类了解自己过程中的一块里程碑。"还有人这样评价他："正是由于马斯洛的存在，做人才被看成是一件有希望的好事情。在这个纷乱动荡的世界里，他看到了光明与前途，他把这一切与我们一起分享。"

的确，弗洛伊德为我们提供了心理学病态的一半，而马斯洛则将健康的那一半补充完整。

按马斯洛的理论，个体成长发展的内在力量是动机。而动机是由多种不同性质的需要所组成，各种需要之间，有先后顺序与高低层次之分；每一层次的需要与满足，将决定个体人格发展的境界或程度。

马斯洛认为，人类的需要是分层次的，由低到高。它们是生理需求、安全需求、社会需求、尊重需求、自我实现需求。

第一层：生理需求。

生理上的需要是人们最原始、最基本的需要，如吃饭、穿衣、住宅、医疗等等。若不满足，则有生命危险。这就是说，它是最强烈的不可避免的最底层需要，也是推动人们行动的强大动力。

第二层：安全需求。

安全的需要要求劳动安全、职业安全、生活稳定、希望免于灾难、希望未来有保障等。安全需要比生理需要较高一级，当生理需要得到满足以后就要保障这种需要。每一个在现实中生活的人，都会产生安全感的欲望、自由的欲望、防御的实力的欲望。

第三层：社会需求。

社交的需要也叫归属与爱的需要，是指个人渴望得到家庭、团体、朋友、同事的关怀爱护理解，是对友情、信任、温暖、爱情的需要。社交的需要比生理和安全需要更细微、更难捉摸。它与个人性格、经历、生活区域、民族、生活习惯、宗教信仰等都有关系，这种需要是难以察悟，无法度量的。

第四层：尊重需求

尊重的需要可分为自尊、他尊和权力欲三类，包括自我

尊重、自我评价以及尊重别人。尊重的需要很少能够得到完全的满足，但基本上的满足就可产生推动力。

第五层：自我实现需求。

自我实现的需要是最高等级的需要。满足这种需要就要求完成与自己能力相称的工作，最充分地发挥自己的潜在能力，成为所期望的人物。这是一种创造的需要。有自我实现需要的人，似乎在竭尽所能，使自己趋于完美。自我实现意味着充分地、活跃地、忘我地、集中全力全神贯注地体验生活。

马斯洛的需要等级最高的是自我实现需求，也就是自我实现的特色是最高的需求层次。在马斯洛看来，自我实现者都是一些心灵健康的人。

孟子曾说："大人者，不失其赤子之心也。"也就是说，一个真正伟大的人物，不会失去如孩童一般纯真的心，因此他们能够用诙谐、亲切、和善的态度，对待周遭的人、事、物。相反，让人有距离感的大人物，多半是有些问题的。

换言之，当一个开始有了"我现在是一个重要的人"这种念头时，就已经超出了自我肯定的程度，而变成一种傲慢。

那么，自我实现者都具有哪些特点呢？

1.准确地认识现实

自我实现者能够采用客观的态度去认识自己、认识他人、认识周围世界，因而他们不带任何主观偏见去看待现实，能够按照事物的本来面目来认知，更能发现事实的真相。这是由于自我实现者的认识主要受成长动机所驱动，这就是存在认知，简称B—认知，而不是受缺失动力所驱动，即缺失认知，简称D—认知。当我们缺少某种东西时，我们的认知活动就定向于这种东西，而难以顾及其他事物，因而不能客观地和全面地把握周围世界。相反，自我实现者主要是受求知、自我实现等存在需要所驱动，因而能够客观地把握现实，不受主观需要的干扰。

2.具有超然于世的品质和独处的需要

自我实现者是自我决定、自我负责的个体，他们不依赖他人，不害怕孤独，常常主动追求独处的环境。

3.有较强的自主性和独处性，超越环境和文化的束缚

自我实现者更多地受成长动机驱动，而非受匮乏动机所驱动，因而能够摆脱对外界环境和他人的依赖，独立自主地选择自己的目标，并实现自己的目标。

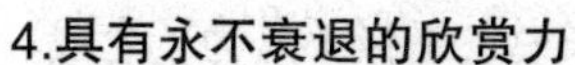

4.具有永不衰退的欣赏力

自我实现者具有奇妙和反复欣赏的能力，在他们眼里，每一次朝阳都是那么灿烂，每一个婴儿都是那么令人惊奇，每一朵花都是那么美丽馥郁。他们带着好奇、敬畏、喜悦和天真无邪的心理去欣赏和体验对他们来说是陈旧的东西和例行公事的日常生活。

5.宽容和悦纳自己、他人和周围世界

自我实现者能够承认和接受任何事物都具有积极与消极两个方面的事实，他们不否认任何人和任何事物的消极面，因为对此有较大的宽容性。他们知道自己的长处，也承认自己的不足，因而能够悦纳自己。

6.自发性、单纯性和自然性

自我实现者坦率、自然，倾向于真实地表达自己的思想和感情，行为具有自发性。他们有什么想法，就讲什么；他们有什么感情，就表达什么；他们想做什么，就做什么。他们不娇柔造作，完全按照自己的本性行事。

7.以问题为中心，而不是以自我为中心

自我实现者不以自我为中心，而以问题为中心。他们一般不会关注个人，而以工作、事业为重，能够全力以赴解决问

题，实现自己的目标。对他们来说，工作不是为了金钱、名誉和权力，而是工作本身就是享受，能够激发自己的潜能。

8.经常能够产生神秘体验或高峰体验

自我实现者通常都是经验过强烈的神秘体验，一种狂喜、惊奇、敬畏以及失去时空的情绪体验，马斯洛称之为“高峰体验”。这种体验并不是自我实现者所独有的，所有人都有享受高峰体验的潜能，但是只有自我实现者才能经历更高频率、强度更大的、更充分的高峰体验。

9.对人类的认同、同情与关爱

自我实现者对所有人都有强烈而深刻的认同感、同情心和慈爱心。他们的关爱不仅仅局限于自己的亲戚朋友，而是包括了不同种族、不同文化、不同社会阶层的所有人。

10.具有哲理的和完善的幽默感

自我实现者具有很强的幽默感，他们常常会开一些有哲理的玩笑，但不愿意开一些庸俗和伤害他人的玩笑。他们可以取笑自己，甚至取笑人类的愚蠢。

11.富于创造性

自我实现者的一个突出的特点就是具有很强的创造性。他们的创造性与儿童天真的、异想天开的创造潜力一脉相

承。我们一般人在社会适应过程中逐渐丧失了这种与生俱来的潜力，而自我实现者却能够保持用开放、新鲜、纯粹和直率的眼光来看待生活和世界，因而能够破除陈规，使自己在生活、工作各个方面显示出创意和独特性。

12.具有抵制和批判现存社会文化的精神

自我实现者不墨守成规、不随波逐流，他们自主独立，能够抵制和批判现存的不合理和不完善的社会文化，突破这些社会文化的限制与保卫，其思想和行为遵循自己内心的价值观与规范。

13.具有深厚的个人友谊

自我实现者比一般人具有更融洽、更崇高和更深厚的朋友关系。由于交往需要占用时间，他们的朋友圈子比较小，更倾向于寻找其他自我实现者作为亲密朋友。由于以共同的价值观和人格特征做基础，他们的朋友虽然不多，但感情却非常深厚。

14.具有强烈的民主精神

自我实现者具有民主思想和民主的行为风格，他们尊重一切人，不管他们的种族、地位、宗教、阶级和教育的不同。他们能平等待人，极少存有偏见，尊重别人的意见，能

够随时倾听别人说话，虚心向别人学习。

15.具有强烈的道德感

自我实现者有明确的道德观念，能够明辨是非，遵循自己认可的内在道德标准，只做自己认为正确的事情。

第二章　自省

第二章
自省

从心理世界看自我

对人而言，自我是非常重要的核心概念。人的一生无论是主动或被动、清醒或模糊，都是在自我实现的过程之中。有些人的自我实现得不太理想，这是因为他们不了解自己具备哪一方面的潜能，或者是对自我的认知有所偏差，所以，我们需要从心理的角度来审视自我，发现真正的自我。

认识了真实的自己，从客观角度出发定义自己，所设立的目标也就越接近自己的能力。你拥有了别人无法拥有的东西，就要下定决心做好自己，这样才能活出真实的自我，减少不必要的心理负担。

即使在感觉最有压力的日子里，也有无数的毫无压力之事。事实上，不幸的时刻在数量上相对来讲是极少的，问题是我们无法摆脱它们，只是任凭它们占扰我们的思想和情感，已经到了失掉机会享受更美好时光的程度了——美好的时光可以迅速使人振奋、使人轻松、使人在遭到下一个压力时有能力投入战斗。从一种体验完全转向另一种体验，去欣赏活着的每一时刻。

我们的烦恼结束后如果不能马上把它们抛到脑后，相反，却紧紧抱住不放，使这些情绪占据我们的头脑，只会给自己增加压力而已。

卞之琳在他的诗里说："你站在桥上看风景，看风景的人在楼上看你。明月装饰了你的窗子，你装饰了别人的梦。"在别人的眼里，我们都是别人的风景；在别人眼里，我们也可以看到自己真实的那一面。

一百个人眼里有一百个林黛玉，我们没有必要在别人的评论声中不断改变自己的行为和思想，但有些人的评论是客观公正的。在他们的眼里你是有缺点的，他们希望你能改正缺点并完善自己。所以，他们会不计后果地告诉你，你错在哪里，需要如何改正。这样的人对你是真诚的，你一定要

考虑他们的意见。比如我们的父母、长辈，或是朋友，他们是真心关爱、在乎我们的人，如果用心聆听他们的想法和建议，对我们会有很大的帮助。不过，有时做父母的也不会完全了解自己孩子的需要和想法，也会因为自己的局限，对孩子有过高的期待，会对孩子有一些不恰当的要求，这是不正确的，做儿女的可以在认真考虑了父母的建议之后，有则改之，无则加勉。我们必须在逐渐成长的过程中，学会检讨自己，对自己负责。

当然，并不是说与我们无关的人我们就不用去考虑他们的想法了，只是我们必须明白，不能用自己的消极情绪去回应别人个性和习惯上的不圆满，才能平心静气地接受那些对我们有帮助的建议。至于那些关心我们的人，我们的态度应该是诚恳地聆听他们的意见，并不是遵从对方的期待而改变。对于那些真正不能接受和无法达成的期待，还是要适时地拒绝才行，否则就容易形成关系中造成决裂的隐形炸弹。也有些时候，我们的理想与那些关爱我们的人相抵触，或许我们自己很清楚自己为何要做这样的选择，清楚地知道将来的发展，但是别人不知道，如果我们要坚持自己的选择，也得尽力与对方沟通清楚才好。

现实中有些人在这一点上做得不是太好，结果往往会让自己与关心自己的人都受伤。儿时，我有一个小伙伴，她的个性太强，她在做决定时经常不与父母商量，高中毕业后她喜欢上了一个男孩子，当她决定与这个男孩子在一起时，遭到了父母的强烈反对。本来这件事还有商量的余地，但她义无反顾地和那个男孩子离家出走了，并一去杳无音信。父母在家里苦等了她三年，经常在夜里哭得撕心裂肺。三年后，她自己抱着孩子回家了，却彻底伤透了父母的心。从那以后，父母不再像以前那样爱她，她才知道自己所犯下的错误是多么严重。

我们不是孤立地生活在这个世界，我们的一言一行都会在别人的眼里形成一定的印象，那些过激的言行必然会遭到许多人的不满，当别人给了你这样的暗示时，你必须学会承认和改正错误。在我们聆听别人的意见时，先要了解他们对我们的态度，然后考虑他们的建议是否合适。我们需要听听别人的声音，需要在改变中适应这个社会。但需要记住的是，我们无法满足所有人的期待，但我们需要在别人的那面镜子里看清自己的缺点，不断成长，并表现出真实的自己，而不是一味地把自己塑造成他人眼中完美的形象。

第二章
自省

本我 自我 超我

人不可能没有欲望，有欲望就需要满足，需要宣泄，但人又是社会动物，需要遵循一定的社会规则和道德法律。因此，一个人的自我力量越强大，他的心理往往就越健康。反之，如果本我或超我的力量过于强大，则容易造成一些异常。

心理学研究，超我代表良心、社会准则和自我理想，是人格的高层领导，它按照至善原则行事，指导自我，限制本我，就像一位严厉正经的大家长。

弗洛伊德曾提到，人格的构成包括三个层面：本我、自我、超我。

弗洛伊德认为，只有三个“我”和睦相处，保持平衡，人才会健康发展；而三者吵架的时候，人有时会怀疑“这一个我是不是我？”或者内心有不同的声音在对话：“做得？做不得？”或者内心因为欲望和道德的冲突而痛苦不堪？或者为自己某个突如其来的丑恶念头而惶恐？这种状况如果持续得久了，或者冲突得比较严重，就会导致神经症的产生。

对于本我和自我的关系，弗洛伊德有这样一个比喻：“本我是马，自我是马车夫。马是驱动力，马车夫给马指方向。自我要驾御本我，但马可能不听话，二者就会僵持不下，直到一方屈服。”

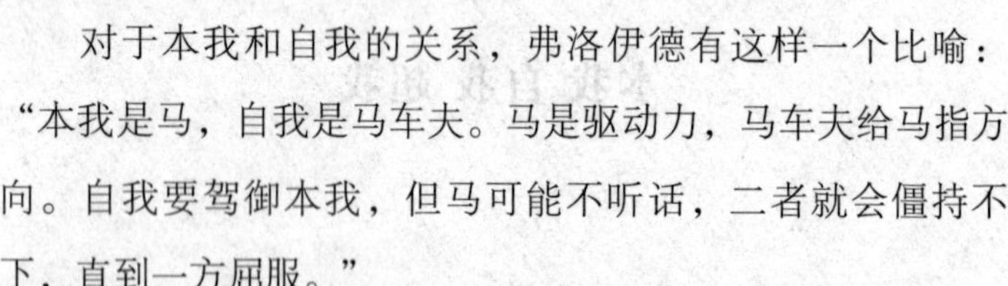

对此，弗洛伊德说：“本我过去在哪里，自我即应在哪里。”自我又像一个受气包，处在“三个暴君”的夹缝里：外部世界、超我和本我，努力调节三者之间相互冲突的要求，所以说自我是永远的矛盾产物。

本我，即原我，是指原始的自己，包含生存所需的基本欲望、冲动和生命力。本我是一切心理能量之源，本我按快乐原则行事，它不理会社会道德、外在的行为规范，它唯一的要求是获得快乐，避免痛苦，本我的目标乃是求得个体的舒适，生存及繁殖，它是无意识的，不被个体所觉察。

第二章
自省

自我，即是指“自己”，是自己可意识到的执行思考、感觉、判断或记忆的部分，自我的机能是寻求“本我”冲动得以满足，而同时保护整个机体不受伤害，它遵循的是“现实原则”，为本我服务。

荣格认为，自我是我们意识到的一切东西。它包括思维、情感、记忆和知觉。它的职责是务必使日常生活机能正常运转。它也对我们的同一性感和延续感间的节奏合拍负有责任。荣格的自我概念与弗洛伊德的自我概念十分相似。

哲学上认为自我即主体内在意识与物质的统一，为本我存在的自觉性。人具有对于本我的发现与创造的自觉性，它不仅使人们能认识和改造客观世界，而且能认识和改造主观世界。属于辩证法的部分。

佛学上的自我，又名“我执”，指人类执着于自我的缺点。它包括自大、自满、自卑、贪婪，或者自我意识太强而缺乏集体意识和奉献精神，或者太关注自己而忽略别人等等。消除我执是佛教徒的一个修炼目标，认为没有我执就可以将潜在的智慧显现出来，成为有大智慧的人，即为“佛”。

涉世自我。一个刚步入社会的人阅历很短浅，所以感染各种社会不良习惯的机会也很少；一个饱经世事阅历很广的

人，经历的事情多了，智谋也随着加深。所以一个有修养的君子，与其讲究做事圆滑，不如保持朴实的个性；与其事事小心谨慎，委曲求全，倒不如豁达一些才不会丧失纯真的本性。

自我也是人类对自己的定义：我是什么，我要成为什么。自我也被认为是人类区分于其他动物的重要标志之一，其实这种说法也有待考证，动物或许也有自我，只是人类无从得知而已。我们经常看到有小男孩会自称自己是奥特曼之类的，小女孩则自称自己是公主之类的，这是一种崇拜，也是他们的自我定义。

在个体接受与选择对象的过程中，个体的自我的壮大是其基本特征。个体在其初期与对象之间存在着极大的不平衡：个体小而对象大、个体弱而对象强、个体有限而对象无限等等，由此形成了它们之间的差异性、不对称性和矛盾性；但是后来，随着个体的对象关系在个体自我中的积累，个体开始壮大起来，个体与对象的关系逐渐地趋向对等、平和、融通与同一。个体在对象关系中的这种地位的变化，是对象关系的本质使然。

个体的变化是必然的。从表面看，个体年龄增长了，衰老了，他甚至距离生命的终点更近了。从这点看，个体的接

受与选择与他的初始目的是相悖的。然而，从另一方面看，个体在内容上经历了由空洞到充实、由自然性到社会性的转变过程。个体从一个十分渺小的自然物，逐渐地转变为容纳了包括原始自然、人化自然和社群在内的所有的对象世界。他与世界等同起来，一致起来。他已经不是代表他自己说话，更不是代表他的某个时段（比如他三岁时候的某一天）说话，他容纳的对象世界越广泛，他也就与整个世界越接近，他就有可能变成一个“世界公民”，他就会为更广泛的世界代言，他也就有更加宽广的胸怀，他变成了一个反映整个世界关系的个体。

个体的对象关系是在接受与选择的交替、变换、统一中发展起来的关系。接受不是个体的最终目的。个体需要接受，不接受对象的个体就不是实在而只是一个空在，而空在的个体是无法进入到群这一高级对象之中的；但是，个体接受的对象愈多，个体受制于对象的方面也就愈多。但这个时候，个体受制于对象的方面已经不是对象的直接作用，而是作用于个体的对象关系所形成并寄宿于个体之内的自我对个体发挥作用。自我代表对象关系重新审视个体，它对“我”开始重新定义。

自我是一个矛盾体。自我寄宿在个体内之后，他便处在矛盾的夹击之中。他既受到来自他的渊源——他的一切对象——对他的作用，他是这些对象的代言人；他又受到来自他的载体——他的命运共同体——对他的作用，他是他的载体——个体——的代言人。自我的这一矛盾，使得他不断地调和二者，不断地生成“新我”。由于对象是源源不断的，“我”就是生生不息的，自我总是在新的内容的充实之下不断地改变自己。显然，个体的对象关系越广泛，个体的自我所包含的外延就越广泛。如果接受是无止境的，那么自我的外延就是无边界的。

群是个体的高级对象。作为个体处在高级阶段的对象关系，个体所在的群是个体的现实关系。群内的每一个个体相互间的交往通过他们各自的自我而展开，个体的自我在交往中相互接受对方从而壮大了他自身。如此以来，交往的结果形成个体之间的普遍自我，正是这种普遍的自我支持了群的延续和发展。在随后的个体与群的关系中，个体进入群最低的门槛就是个体的自我达到了群的普遍的“我”，低于群所要求的自我不为群所接纳。因而，个体的自我——被群所认可的自我——成为个体与群对话的平台，个体的自我上升为

与群相统一的普遍的自我。

在与群这一对象的接受与选择中，个体的自我仍然继续发展并壮大。当他的接受程度大到比群的普遍对象关系更广泛的对象世界时，个体的自我超越了当前的群的普遍自我，他上升为超我。在这样的情况下，就体现出了超我。

超我是人生的最高境界，主要体现在以下几个方面：

1.超我是孤独的我

超我不是普遍的，它是个体自我中的少数，是个别的超乎普遍自我状态的“我”。超我正因为他是个别的，因而是孤独的。超我处于群的顶端，由于他所拥有的对象世界超过了一般个体的现有的对象，超我便在更多的对象领域中显现了我的本性。他的多出的对象世界所形成的那部分“我”要放置在群体之中似乎就是一个难题。他没有同类，他缺少知音，他是孤独的。

从自我到超我，其实是每个个体的必由之路。自我的矛盾迫使自我不断地被新的对象关系所刷新，自我不断地壮大，不断地更新，他拥有了趋向超我的必然力量。所以，当超我出现在个体身上的时候，他也发现每个自我都会和他一样地走向超我。他经历短暂的孤独期，他等待其他个体由自

我变成超我，他们在新的超我的阶段重新结为群并达到下一个自我的新的高度。

2.超我是博爱的我

超我的对象世界是广泛的。正像处在原始自然阶段的对象关系状态的人们仅仅把血缘关系看得很重一样，处在超我阶段的个体则把一切对象都看得很重。个体拥有的对象越多，个体就越是拥有对对象的更全面的认识，个体对所有对象的认识就越是超越个体初始阶段的狭隘的视角，个体就会在更广泛的意义上处理他与对象的关系。从情感的角度看，拥有超我的个体的爱是广泛的、普适的爱。

个体的所爱由特定的、小我之下的对象扩大到普遍的、大我之下的对象，只有在超我的状态下才能够做到。普遍的自我虽然是群的“我”，但他仍然是以每一个个体的属性的方式存在。他的普遍性仅仅是我们的一个抽象，在其现实性上，他就是单个的自我——当然是服从于群的普遍性的单个的自我。因此，他的爱很明显是小我的爱，是站在他个体的角度发出的爱。相反，超我由于已经不受制于眼前的群的羁绊，他就摆脱了小我的现实关系。他从自我的对象转向了非我的对象，他更全面地认识了“我”。他爱所有的对象，他

愿意奉献给所有对象，他的存在就是最高层次的爱的存在，就是个体在超我阶段的高尚的德性。

3.超我是信仰中的我

信仰中的个体是自我不在自身的个体。由于信仰，个体的自我被寄宿在信仰对象那里。个体放弃他的自我——或者说个体的自我相信那个托管者比他把个体管得更好——他直接地请求托管。自我甘愿放弃自己，个体也服从自我甘愿听从信仰对象的安排。从这一点看，处在信仰状态的个体是超我的。他已经不是他自己，他就是信仰对象的代言者，而信仰对象则成为决定个体一切的基本力量。

任何信仰对象都是超乎群的普遍自我的对象。有些信仰对象希望普度众生，有些信仰对象希望救世济贫，还有些信仰对象希望传播普遍真理，它们都是超出个体的现实的理想世界，是为个体设定的理想的彼岸。其超我的特性是明显的。

信仰中的超我与上述其他超我相比，是一种风险较大的对象关系。这种对象的选择，并不是个体的实实在在的对象关系一步一步地演变而来，它跳跃式地来到个体的面前，因而有被个体盲目选择的可能。对于大多数个体来说，建立信

仰关系或许可以起到解脱现实的自我所遭遇到的困境。

4.超我是完善的我

从个体追求对象的属性看，他的追求的最终的境界是群的普遍的自我的境界。每个个体都以此境界为追求的最终目标。这样一来，当个体追求到群的普遍的自我的阶段时，似乎对象世界被追求穷尽了，再也没有新的可以与之建立关系的对象了。此时在个体面前便可能出现“无”的状态，大多数个体满足到这一点就止步了。

但对有些个体来说，到了这个阶段之后，“无”是他进一步追求的对象。他追求了“有”，又追求了“无”，所以他追求了完善。他在群的“万物止于此”的世界之上继续他的追求，因而是超我，是完善的我的开始。

对“无”的追求其实就是对“有”的反思。因为“有”的对立面就是“非有”。“有”可以直接地去认识，“非有”正因为它是“非有”，是“有”的否定，它的根在于“有”，它来源于“有”，所以只有从“有”中才能真正认识“非有”。但在这个时候，认识的方法已经不是去重复地建立以前那样的对象关系，而是对个体所经历的“有”进行反思。当这个反思完成之后，个体获得了对“有”和“非

有”的认知，个体获得了全面的对象关系，他也获得了超我。这个时候，他是完美的。

任何普遍性的意义就在于它是共有的、大众化的、普通的、平庸的。因而，在群的普遍性之中，拥有个性的个体消失了，这时的存在只是群的存在。对于个体而言，群取代了个体的位置，群代表了个体的意义。因而，群的普遍状态就是没有个体、只有群体的状态，就是个体的无的状态。

个体的无的状态与个体的源源不断的对象相矛盾，个体要超越“无”，走向超我。个体通过超越“无”而走向“新有”，个体获得了超我，他超越了普遍，他抛开了平庸的对象，他走向崇高。与处在群阶段的普遍的自我相比，超我是比自我更崇高的我，他就是完美的我。

超我之所以崇高，还在于他不同于个体初始阶段的“有”。虽然在那个时候，个体也是独立的，超出群的，但是，那个时候的个体因为对象的局限还没有完成对象关系的重大转变，他不能把握对象，更不能自主。所以，超我只能产生在普遍的自我之后。他是个体集普遍自我的品质于他自身。他来源于普遍，又超越普遍。

在现实中，超我不一定是全面的“我”，他可能是

“我”的某个侧面。他不是集结了所有对象关系的“我”，而可能只是在某个方面、某个领域里超越了群的普遍性。对任何个体而言，获得全面的“我”当然是他求之不得的事情，但在有限的生命时段内，个体不可能穷尽所有的对象世界。因而，取得“我”的一个侧面的超越也是个体中了不起的事情。这个时候，如果对象是一个整体，对象由于其整体性而使其任何一个侧面都是它本身，取得了一个侧面的我也就是反映了整个对象的我。个体在某一种对象关系中超越了当时的群的普遍性，那就是崇高的我的显现。

5.理想自我

来自社会环境中经由奖励与惩罚的历程而建立的是传统道德及规范的代表，如个人的行为与超我的自律标准不符，即会受到良心的谴责。父母的道德标准会内射成超我的次系统叫“理想自我”，良心透过让个人感到自豪或罪恶来奖励或处罚他。

超我是人格结构中代表理想的部分，它是个体在成长过程中通过内化道德规范，内化社会及文化环境的价值观念而形成，其机能主要在监督、批判及管束自己的行为，超我的特点是追求完美，所以它与本我一样是非现实的，超我大部

分也是无意识的，超我要求自我按社会可接受的方式去满足本我，它所遵循的是“道德原则”。

所以，超我是人格结构中的管制者，由完美原则支配，属于人格结构中的道德部分。在弗洛伊德的学说中，超我是父亲形象与文化规范的符号内化，由于对客体的冲突，超我倾向于站在“本我”的原始渴望的反对立场，而对“自我”带有侵略性。超我以道德为中心的形式运作，维持个体的道德感、回避禁忌。超我的形成发生在恋母情结的崩解时期，是一种对父亲形象的内化认同，由于小男孩无法成功地维持母亲成为其爱恋的客体，对父亲可能对其的阉割报复或惩罚产生去势焦虑，进而转为认同父亲。

本我是人的意识体与物质体的统一，构成整体的生命体。人的内在整体构成人的本原存在，是本我的原始形态。人类自我解放的劳动行为会通过自我发现与创造维护、推动本我的发展。本我中意识与物质整体构成一个自觉实践的螺旋上升发展过程。

简单来说，本我，是以原始的冲动和欲望为主，遵循“快乐原则”，即以欲望的满足和最大程度的快乐为最大目标（哪怕那些欲望违背了伦理道德甚至法律法规）；超我，

则是社会道德层面的内化，里面都是一些崇高的信念与高尚的行为准则，即遵循“道德原则”；而自我，则是介于本我和超我之间的一个中介，它负责协调二者之间的关系，遵循“现实原则”，即要让本我的冲动在超我允许的范围内尽可能地得到满足。

本我的形成要追溯到无意识在精神分析学的早年，曾是一个极为重要的概念。但是从1923年弗洛伊德在《自我与本我》中提出人格由本我，自我和超我组成的假设以后，无意识就只成了一种精神现象，许多以前认为是无意识的东西成了本我。本我是人格中最早，也是最原始的部分，是生物性冲动和欲望的贮存库。本我是按“唯乐原则”活动的，它不顾一切地要寻求满足和快感，这种快乐特别指性、生理和情感快乐。

本我是本能冲动的根源，就原始的、非人格化的而完全无意识的精神层面而言。它包含要求得到眼前满足的一切本能的驱动力，就像一口装满水沸腾着本能和欲望的大锅。它按照快乐原则行事，急切地寻找发泄口，一味追求满足。本我中的一切，永远都是无意识的。

本我由各种生物本能的能量所构成，完全处于无意识水

平中。它是人出生时就有的固着于体内的一切心理积淀物，是被压抑、摈斥于意识之外的人的非理性的、无意识的生命力、内驱力、本能、冲动、欲望等心理能力。

本我即原我，是指原始的自己，包含生存所需的基本欲望、冲动和生命力。本我是一切心理能量之源，本我按快乐原则行事，它不理会社会道德、外在的行为规范，它唯一的要求是获得快乐，避免痛苦，本我的目标乃是求得个体的舒适，生存及繁殖，它是无意识的，不被个体所觉察。

弗洛伊德认为幼儿的精神人格完全属于本我，幼儿没有羞恶观念，其全部生活都受欲望支配，不管条件和社会道德，处处要求满足自己的愿望，寻求快感。他说，孩子们不管社会的一套常规，“他们都顺其自然地暴露自己的兽性”。在幼时常是毫不隐蔽地表现利己主义。但是随着孩子年龄的增长和经验的累积，教育和习俗的影响，会不再盲目追求满足，渐识时务，从本我中分化出自我。

弗洛伊德认为人格由本我、自我、超我三部分组成。

本我（Id）：位于潜意识中的本能、冲动与欲望构成本我，是人格的生物面，遵循“快乐原则”。

自我（Ego）：介于本我与外部世界之间，是人格的心理

面。自我的作用是一方面能使个体意识到其认知能力；另一方面能使个体为了适应现实而对本我加以约束和压抑，遵循的是“现实原则”。

超我（Superego）：是人格的社会面，是“道德化的自我”，由“良心”和“自我理想”组成，超我的力量是指导自我、限制本我，遵循“理想原则”。

本我、自我和超我之间不是静止的，而是始终处于冲突——协调的矛盾运动之中。本我在于寻求自身的生存，寻求本能欲望的满足，是必要的原动力；超我在监督、控制自我接受社会道德准则行事，以保证正常的人际关系；而自我既要反映本我的欲望，找到途径满足本我欲望，又要接受超我的监督，还有反映客观现实，分析现实的条件和自我的处境，以促使人格内部协调并保证与外界交往活动顺利进行，不平衡时则会产生心理异常。

第二章
自省

检视最真实的自我

知人者智，自知者明。一个人可以不知人却不可以不自知，即你可以不智，却不可以不明。明而不智者不至于浪费自己的人生，也很容易让自己有所收获。智而不明者却会在狂妄中建造只属于自己的坟墓，将自己的一生当作必输的赌资赔付。人还是应该先检视清楚那个最真实的自己，打好基础再建大厦。

皮格马利翁是古希腊神话里的塞浦路斯国王，他爱上了自己雕塑的一个少女像，并且真诚地期望自己的爱能被接受。这种真挚的爱情和真切的期望感动了爱神阿佛洛狄忒，

就给了雕像以生命。虽然这只是一个神话传说，但是，在现实生活中，由于期望而使“雕像”变成“美少女”的例子也不鲜见。

美国著名心理学家罗森塔尔和助手来到一所小学做了一次实验：声称要进行一个“未来发展趋势测验”，并以赞赏的口吻将一份“最有发展前途者”的名单交给了校长和相关老师，叮嘱他们务必要保密，以免影响实验的正确性。其实他撒了一个“权威性谎言”，因为名单上的学生根本就是随机挑选出来的。八个月后，奇迹出现了。凡是上了名单的学生，各个成绩有了较大的进步，且各方面都很优秀。显然，罗森塔尔的“权威性谎言”发生了作用，因为这个谎言对老师产生了暗示，左右了老师对名单上学生的能力的评价；而老师又将自己的这一心理活动通过自己的情感、语言和行为传染给学生，使他们强烈地感受到来自老师的热爱和期望，变得更加自尊、自爱、自信、自强，从而使各方面得到了异乎寻常的进步。后来，人们把这一现象称之为“罗森塔尔现象”。它表明：每一个孩子都能成为非凡的人，一个孩子能不能成为天才，关键是家长和老师能不能像对待天才一样地

爱他、期望他、教育他。

这实际上就是“皮格马利翁效应”的应用。

积极的期望促使人们向好的方向发展，消极的期望则使人向坏的方向发展，人们通常说这样的话来形象地说明皮格马利翁效应：“说你行，你就行；说你不行，你就不行。”要想使一个人发展更好，就应该给他传递积极的期望。管仲在做齐国的宰相以前，曾经负责押送过犯人，但是，与别的押解官不同的是，管仲并没有亲自押送犯人，而是让他们按自己的喜好安排行程，他只要在预定日期赶到就可以了。犯人们感到这是管仲对他们的信任与尊重，因此，没有一个人中途逃走，全部如期赶到了预定地点。由此可见，积极期望对人的行为的影响有多大！

所以，生活中，人们无论是在对他人，还是在对自己的期望中，都应多一些积极因素，少一些消极因素，这样事情才更容易向良好的方向发展。

接纳真实的自我

一个人应该有认识自己的意识和能力。因为我们的生活是复杂多变的，认识自己，面对真实的自我，承认自己的优势和不足是我们进军现实世界的基础和出发点。当我们意识到我们的优势时，我们可以更恰当地选择自己的生活方式，给自己一个恰当的定位。

随着科技力量的兴起，许多关于人的八大智能的测试也应运而生，但我们是否可以不用这种方法就可以明白自己的优势与劣势之所在，确定自己的发展方向呢？可以，只要你善于思考，善于反省。

第二章
自省

心理学方面的研究发现，一个人无论年纪大小，都可以改变他的自我形象，并借此开拓新的生活。

一个人的习惯、个性和生活方式之所以难以改变，其理由之一是：他从事改变的努力，几乎都只在自身的圆周上，而没有在圆心上。很多人说："以前我也尝试过'积极思考'，可就是无效。"但当你进一步了解后就会发现，这些人虽曾运用或试图运用"积极思考"，以改变外在的境况，或革除特殊的习惯和个性缺点外，并没有使自我形象得以改变。

耶稣警告我们，以旧衣补新衣或以旧瓶装新酒，都是不聪明的，拿"积极思考"弥补陈旧的思想，也是无效的。事实上，如果你还秉持着否定自我的观念，而又想要达到某种肯定自我的特定情境，那是绝对不可能的事。生活中就有许多不胜枚举的实验显示出这样一个道理：自我观念一旦改变，那么，与自我观念相关的其他事物，都可以迎刃而解。只有敢于改变自我形象的人，他的成功系数才会越大。

如果一个人缺乏某种程度的自我容纳。绝不可能有真正的成功可言。

世界上最可怜、最痛苦的人，莫过于那些竭尽所能使自已与别人相似的人。一个人只有放弃了羞愧与矫饰而成为

真正的自己时，他的满足与轻松才是无与伦比的。表现自己所带来的满足，绝不会降临于那些想成为“某个人”的人身上，它只会降临于情愿放松身心“成为自己”的人身上。

我们大多数人本来比自己心里所了解的更美好、更聪明、更强大、更能干，能创造出更完美的才能、天赋、能力，然而就是因为太刻意去改变自己的现在，盲目地模仿别人，而使自己成了一个不伦不类的人。

我们可以改变个性，但是不能改变基本的自己。个性是我们处在世界上“自己”的工具与焦点，它是我们所用到的习惯、态度与技巧的总和。

人的潜能是无限的，我们可以充分地发挥自己的主观能动性，倾注自己毕生的执著和追求，一步步地朝着理想的目标前进。

是的，对自我潜能的开发，不是静止的而是活动的，它不会是完整的，也不会是确定的，但它确实是我们生命中不可缺少的一种理想和信念。

如果你背对着自己，对自己觉得羞耻，拒绝看清自己。那么，你就无法发挥你所特有的潜力和创造力。

反省是人类提高自己的能力，重新认识自己的有效途

径。善于思考和反省的人有对自己思想的更新能力，他们会随着自己在生活中的经历不断校正自己的航向，渐趋完善自己，充实自己，让自己成为一个完美的人。更可贵的是善于反省自我的人有勇气面对自己的缺点，敢于剖析自己的灵魂，能够认识到自己的不足并在必要的时候放下自己的架子，在别人面前承认自己的错误，这样的人是可贵的人，是真实的人，是成功的人。

我的一个朋友，心地很善良，刚从学校毕业的时候，对自己，对社会都不是很清楚，她听从了父母的安排，嫁给了现在的老公。她的老公是一个很细心的人，很顾家，就是脾气有点急。按理说，他们应该是很好的一对，但事实并非如此，婚后最初的一段时间里他们也很融洽，但好景不长，结婚不到两年，他们各自身上的缺点就暴露无遗。于是，两人之间的争吵也就成了家常便饭，闹得双方父母都难安心。我很为自己的这位朋友惋惜，因为，她本该是一个可以生活得很幸福的女人。可是因为她对自己的认识不够，所以活得很累，就像是一个从来就不知道自己站在哪，该往哪走的迷途的孩子。

在与她的接触中，我发现她很固执，也很偏激。在她的内心里，她认为她永远都是对的，不会听任何人的劝告。在工作的过程中她屡屡碰壁，可是，她仍然认为自己的能力很强，只是自己的运气不佳，却不会考虑自己是否有什么地方需要改进，需要调整。事实上，由于受教育和阅历的限制，她的交流方式很难让一般人接受。所以，她无形中就会让自己陷入一个很被动的包围圈，这便是她工作屡屡受挫的原因。她一直认为自己很漂亮，很年轻，与老公离婚之后可以再找一个更好的人，可以有更幸福的生活。但她似乎忘了，现实并没有她想的那么简单，况且，她没有倾城倾国的容貌，也不再年轻。应该说，是她自己毁了自己的生活。因为不能认识自己，所以，她无法抓住自己该有的幸福，这是一种悲哀，一种活着时的悲哀。

一个人应该有认识自我的能力，这是必要的，也是必需的。没有这种能力，就很难找到自己的位置，也就很难有所成就。所以，我们都应该学会认识自己，剖析自己，明确自己的方向，面对真实的自我。

第二章
自省

认识自己

一个人应该思考的不是自己应该得到什么，而是自己是个什么样的人。

许多有所成就的企业家、作家、演员和运动员都曾谈论过，我们的自我形象会如何影响我们要做的每一件事情。甚至有人说，那是人类所有成就中最重要的单一因素。美国著名整形外科博士马克斯威尔·莫尔兹发现一些病人在做过整形手术后，会经历重大的人格变化。但是，在其他的一些个案里，即使是相当戏剧化的手术结果，病人还是会把自己看成是一个丑陋的或是一个无能的人，外在形象的改变对于真

正的问题仍然没有丝毫的影响。他们内在的自我形象，也就是对自己的信念，还是没有改变。于是，莫尔兹博士让他们忽略自己的肉体，而去改变内在的自我态度，结果收到了良好的效果。

我们很容易看见自己的外在形象，但认识自己真实的内心世界却有一定难度，如果我们来做一个实验就会看到一个较为真实的自己。

首先，你需要把能够描述你自己的一切特征和人格特质，以及相信你自己是什么样的人的想法都写出来。请注意，不是你认为别人会如何看你，而是你如何看你自己。如果你想在开始的时候容易一点，就先写出你觉得足以描述你自己的一些词语。接着，要注意，写的时候要用你平时不惯用的那只手，这样做也许会有困难，而且你也许会把字写得大大的，但只要你坚持做下去，你就会发现，事情变得越来越容易了。只要你事后能够将每一个字都辨认出来，你就不需要为你的字写得歪歪扭扭而操心。现在就写出你的清单吧，给自己足够的时间，如果你在做这件事时保持放松的话，是会有帮助的。当你减少了左脑的有意识的干扰后，更深入的、真实的洞察力就会显现出来。

人的大脑的左半部分与语言和逻辑有关，而右半部分与感觉和直觉有关。你惯用的那只手和你身体的同一边，都是由你的大脑的另一边来指挥的。因此，当你做上述实验时，你的左右半脑中比较不惯用或潜意识的那一边会被运用出来。这个简单的实验可以从潜意识中带出一些洞察力，而这些洞察力，在你运用惯用的那只手来写字的话是不可能被发现的，只有当它们被你发现了，你才会意识到它们是真实的。你最先写的一些勉强可以认出来的字，也许是可以预测，而且也和你较常用的那只手写出来的那些字是一致的。但是，当你继续写你的清单，并允许你的潜意识自由发挥的时候，你就会得到更多具有透露性的自我形象的词语了。当有明显的矛盾——即对平时的形象构成巨大的冲击发生的时候，你需要对自己完全的诚实，分辨哪一个才是真正适用的。通常惯用的手写出来的清单，看起来会像是为了供“大众消费”而写的，并不会显出更深层的自我信念。例如，你用惯用的手写出来的“聪明”，用非惯用的手写出来就有可能变成“圆滑”，甚至是“投机取巧”。在很多实验的例子中，亲戚和亲近的朋友会确认说，用非惯用的手写出来的会更接近事实。

仔细审视你单子上所列的每一个词句，如果你不能确定

你所写下来的某一个词语的确定意义，试着把每一个词都用一句话加以表述，不过你要用你非惯用的那只手来写。这些词语的每一个字都可以予以扩大，成为一个或更多的特定概念的叙述句。例如，“友好”可能会包括“我喜欢别人来我家做客”这个特定的信念，而“脚踏实地”则可能涵盖“我很会自己动手做东西”。这些使用非惯用的手写下来并且扩大成为更明显的句子的信念，才是有可能解释你的行为和结果的信念，而不是那些你立刻就可以觉察的少数信念。

接下来是“自我催眠”，将每一个信念都放在你的心里加以测试。首先，选择一个你认为是正面的信念，然后想象你自己现在正处于这样一个实际发生的状况，而且，在这个状况里，你的这个信念正在付诸实现。举例来说，如果你很擅长于吸引儿童的兴趣，比如讲故事、唱儿歌，你就想象自己正在这样做，而且正在享受自己做得很好的感觉。这个例子也许正是受到你的清单上“友好的”或“令人喜欢的”这些词语激发而产生出来的。为了让你感受更真实，你需要想象一些视觉上的东西，可以是小孩的脸、故事书，以及你周围的任何事物。如果你可以感觉你所听到的任何声音，包括你自己讲话、唱歌的声音，或是体验到任何与你正在做的事

情有关的感觉，那么这种真实性就更加强烈了。换句话说，你最好动用起自己的感官，必要时5种感官都要用到。其中，视觉、听觉和感觉最为重要，这种感觉很像自我催眠，你必须先让自己进入这样一个放松的状态。

现在将情景转到一些不会令你感觉快乐的事情上，也就是那些负面的自我信念。举例来说，你的同事正在热烈讨论着什么，但你却插不上嘴，你不喜欢看到自己正在这么做或处于这种状态，这也许就是“拘束的”“害羞的”“难以交流的”这些词语所激发出来的。你可以回想过去的一次不好的经历，也可以想象未来会发生的一件不好的事情，如同上面一样，把它感觉得越真实越好。

通过上述的两个步骤，你已经体验到自己的两种不同的形象所反映出的不同的两种自我形象。把这两种自我形象加以比较，你会开始看到一些差异。这并不是指两种形象在内容上的差异，而是视觉、听觉、感觉上的差异。

也许这是你第一次了解自己对自己的感觉，了解你的自我形象。在重新审视之下，你就可以运用那些令人产生力量的词语，创造你希望拥有的信念，改变那些不利的信念，进而把自己的潜能激发出来。

不断反省自己

我认为，自我反省是学习不断理清自我的思想并加深个人的真正愿望，集中精力，培养耐心，并客观地观察现实，以达到与现实同步的过程。它是学习型组织的精神基础。精熟于自我反省的人，能够不断实现他们内心深处最想实现的愿望，他们对生命的态度就如同艺术家对艺术作品一般，全心投入、不断创造和超越，是一种真正的自我反省，此项修炼兼收并蓄了东方和西方的精神传统。

遗憾的是，没有多少人能以这种方式成长，并达到自己的目标。这个领域是一片广大而尚未开发的处女地。许多人

聪明、受过良好的教育、充满朝气、全心全力、渴望出人头地，但他们到30多岁时，通常只有少数人平步青云，其余大多数人都失掉了开始时所有的上进心、使命感与兴奋感。对于工作，他们只投入些许精力，心思几乎完全不在工作上，这种生活是多么可悲！

大多数人不会在自己身上找缺点，当你询问他们的愿望是什么时，通常他们首先提到的是负面的、想要除掉的人或事。例如他们说："我想要我的岳母搬走"，或"我想要彻底治好背痛"。然而，自我超越的修炼，则是以我们真心向往的事情为起点，让我们为自己的最高愿望而活。

检讨是成功之母。找出自己最大的障碍，限制性的步骤，以及犯过的最大的错误，推导出原因，加以改善，你就必然会有所收获。

真正会思考的人，从自己的错误中汲取的知识比从自己的成就中汲取的知识更多，而这个途径是一个人进步的最好的途径。

美国黑人将军鲍威尔在海湾战争中崭露头角，鲍威尔的成熟、老练就是在不断的反思、反省中铸造的。

还在担任下层军官时，鲍威尔就率领士兵跳伞。临跳

前，鲍威尔问士兵的伞准备好了没有，士兵们异口同声地说准备好了。鲍威尔放心不下，于是又逐一检查了一遍，结果不查不知道，一查吓一跳——有个士兵的伞居然不能打开！

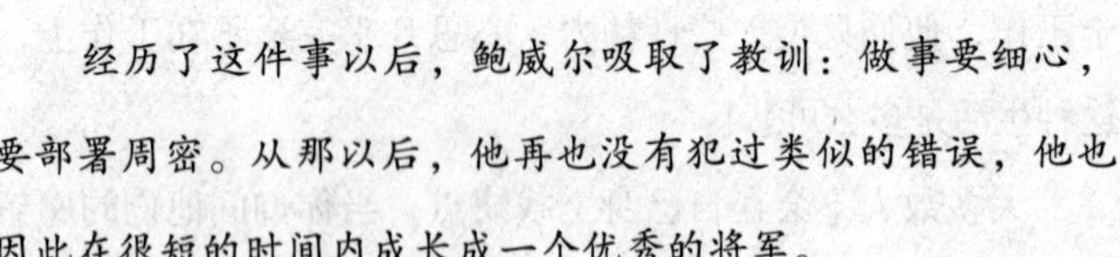

经历了这件事以后，鲍威尔吸取了教训：做事要细心，要部署周密。从那以后，他再也没有犯过类似的错误，他也因此在很短的时间内成长成一个优秀的将军。

不断地反省是任何人都可以从自身汲取养料的最佳途径。当我们要面对真实的自己时，不要忘记自我反省；当我们要超越自己时，不要忘记自我反省。不要说你没有缺点，也不要说你不需要改正，勇于自我反省的人才会在这个世界有所成就。

第二章
自省

不要迷失自己

世界上没有完全相同的两片树叶，你有你的特色，我有我的色彩。任何时候都不要因为自己与别人的不同，或者潮流的席卷就随波逐流，迷失自己。现实世界的丰富多彩有着巨大的诱惑力，为了跟从时尚而不断地变化自己的位子是可笑也是可悲的。

即使那些最富有思想的哲学家们有时也会说：“我是谁？我从哪里来？我又要到哪里去？”事实上，这些问题从古希腊开始，人们就一直在问自己，却一直都没有得出令人满意的答案。

但即使如此，人们也从来没有停止过对这个问题的追寻。也许正是因为如此，人们才会迷失自我，也很容易受到周围各种信息的暗示，并把他人的言行作为自己参照的目标。现实中的从众心理就是一个很好的证明。生活中的我们经常会受到别人的影响——那些一个接一个打哈欠的现象就是很好的例子。也许你还记得童年时，我们看见和自己同龄的小伙伴有一件漂亮的连衣裙就会回家缠着父母给自己也买一件；看见别的小朋友有零花钱就希望自己也有一定的资金支配权。等长大了，这种人性的特点也依然存在，并且有的人会愈演愈烈。这就必然导致有的人在不断的跟从中迷失自己。

在日常生活中，人既不可能每时每刻去反省自己，也不可能总把自己放在局外人的地位来观察自己。正因为如此，个人便需借助外来信息来认识自己。个人在认识自我时很容易受外界信息的暗示，从而不能正确地知觉自己。

有一位心理学家用一段笼统的，几乎适用于任何人的话让大学生判断是否适合自己，结果绝大多数大学生都认为这段话对自己刻画得细致入微，准确至极。下面是一段心理学家说的话，你觉得是否也适合你呢？

你很需要别人喜欢并尊重你。你有自我判断的倾向。你

有许多潜力，但并没有完全被发掘出来。同时你也有许多缺点，不过你一般可以克服它们。你与异性交往有一定困难，尽管你表面上看起来很从容，其实你内心焦虑不安。你有时会怀疑自己所做的决定是否正确。你喜欢生活有些变化，厌恶被别人限制。你以自己可以独立思考而自豪，别人的建议如果没有充分的证据你不会接受。你认为在别人面前过于坦率地表露自己是不明智的。你有时外向、亲切、好交际，而有时却内向、谨慎、沉默。你的有些抱负往往不够现实。

看过这一段话，你也许会深刻地体会到你自己很适合被给予这样的评价。其实，这是一顶戴在谁的头上都合适的帽子。

一名著名的杂技师肖曼·巴纳姆兹阿评价自己的表演时说，他的节目之所以大受欢迎，是因为他的节目里每一分钟都包含了人们喜欢的内容，它可以使得每一个人都“上当受骗”。人们认为一种很笼统、很一般的人性描述十分准确地揭示了自己的特点，心理学上将这种倾向称为“巴纳姆效应”。

“巴纳姆效应”在生活中很常见，就以算命来说吧，很多人在请教过算命先生之后都认为算命先生说得很准。其实，那些求助于算命先生的人本身就很容易受到别人的暗

示。因为当一个人情绪低落、失意时，本身对生活的控制力就会大大减弱，于是安全感也会随着减弱。此时的人心理的依赖性会大大增强，很容易受到别人的心理暗示。假设那个算命先生很会揣摩人的心理，见机行事，稍微能够理解求助者的感受，求助者就会感到一种心理上的安慰。算命先生再说一段无关痛痒的话就会给予求助者一点信心，求助者就会深信不疑。

每个人都会有从众心理，只是个人的表现不同而已，我们需要做的是在跟从中超越，而不是在跟从中迷失自己。

学会释放自我的情感

有时候，我们过于关注不好的事情，自我增加了压力。积极地思考是一种促使你的一生更为积极进取的方法；它是一种对你有帮助的洞察事物的方式，而不是打击你的方式。这是很重要的，因为消极地思考与积极地思考一样容易。无论你认为你能够，或者你认为你不能，你绝对是正确的。不要总是认为自己哪里有什么不对的地方。

首先你要学会如何辨认消极性思考。想想哪一些消极性思考是经常发生在自己身上。积极性思考并非盲目的乐观，而是一种对事物重新评价并侧重正面效果的方法。

假使你事情做得不错，就承认这个事实。我们对我们的失败会感到难过，那么为什么不对我们的成功感到高兴呢？适时地去接受应得的赞赏。假使你不确定赞赏是否确实应得，就进一步调查清楚，不要没弄清楚就贬低自己。

当然，我们都会遭遇事情处理不当的情况。处事不当是人人都有可能经历的事情，不要为此就否定自己，认为自己下次肯定再也做不好了。不要因为一个地方的绩效不佳就推测其他地方可能也达不到标准。不幸的是，我们很容易将小事扩大，除非我们能很精确地加以界定。在指出问题时，应对它加以定义（我们必须决定去处理）及加以限制（所以我们通常不必觉得没有能力）。设计一个推理式的解决方法。这种恐惧以前曾经发生过吗？它的发生必定伴随什么样的情境？假使他仍为这种恐惧而烦恼，你会认为他是不必要的忧虑，或者认为他的考虑大致上合理？

在你为某件事而烦恼，感觉自己解决不了它，由此倍感压力的时候，试着想象一下最糟的结果，想象最恶劣的情节作为对你的恐惧的一项直接挑战。尝试着问自己，“可能发生的最坏情况是什么？”假使你能够接受这样的结果，你就不会再有问题。你可以说，“即使我没完成，情况也不会

是世界末日。”下一步是说，“我能做什么来促使结果改善些？”一旦你开始将注意力集中在行动上，你将没有时间在你的烦恼上逗留。

当面临一个问题时，我们会尽可能地做一切努力。然后在确认我已力行所有我被要求的事后，我们会去面对任何的结果，即使是全面性的危机。

积极性思考并非是一种一次完成的解决方法。假使你能不屈不挠，直到使这种思考方式成为习惯，你就能从积极性思考中获益良多。

造成较多困扰和压力来源的是不确实性。你不确定是否能准时地召开一场会议远比你确定会议会延迟来得更令人困扰。一旦你确定你无法召开会议，你会停止烦恼，并且开始思考如何创造最佳的情境。因此，你想要解除压力，你必须明确事情的特殊性从而针对性解决，不要任其自然。

假使你列出所有在你身上确定拥有的事物，它将帮助你对你的问题产生正确的观点。在明白了你所拥有的其实已经很丰富，比起其他人来说已经强多了的时候，你将发现你的消极想法似乎不是那么多，而且毕竟也不是无法处理。

有时我们感到沮丧没有任何明显的原因，可能没有任

何消极想法需要克服。在这种情况下努力释放自我，对自己说："这很自然，而且只是暂时性的。"每个人的情绪像潮水一样，有高有低，不要总想着没有起伏，没有压力的日子，努力去接受适应它；而不是要创造一个人为的永久高潮。

我们很多人因为将注意力放在生活中百分之九十不满意的事情上而变得不快乐。我们却忽视百分之九十的好事。假使你认为你是如此，设法列出你的一项主要困扰，然后列出九个有正面意义的项目予以调整使之均衡。反问自己，"为什么这件事困扰着我？"

有时候我们可能为某件事在烦恼，却不曾实际地去找出为什么我们会为它烦恼的真正原因。我们所感到迷惑的很可能仅是个征兆，而非造成我们麻烦的原因。因此，当你感到有压力时，试试这种方法：记下困扰你的事，然后写下为什么。如此一般思索，找出使你感到有压力的真正原因，并且开始着手解决。

打造一个完整的自我

暗示在本质上，是人的情感和观念，会不同程度地受到别人下意识的影响。人们会不自觉地接受自己喜欢、钦佩、信任和崇拜的人的影响和暗示。而这种暗示，正是让你梦想成真的基石之一。

海伦在这家外贸公司工作已经三年了，国际贸易专业毕业的她在公司的业绩表现一直平平。

原因是她以前的上司胡悦是个非常傲慢和刻薄的女人，她对海伦做的所有工作都不加以赞赏，反而时常泼些冷水。一次，海伦主动搜集了一些国外对公司出口的纺织品类别实

行新的环保标准的信息，但是上司知道了，不但不赞赏她的主动工作，反而批评她不专心本职工作，后来海伦再也不敢关注自己的业务范围之外的工作了。海伦觉得胡悦之所以不欣赏她，是因为她不像其他同事一样奉承她，但是她自知自己不是能溜须拍马的人，所以不可能得到胡悦的青睐，她也就自然地在公司沉默寡言了。

直到后来，公司新调来主管进出口工作的Sam，新上司新作风，从美国回来的Sam性格开朗，对同事经常赞赏有加，特别提倡大家畅所欲言，不拘泥于部门和职责限制。在他的带动下，海伦也积极地发表自己的看法了。由于Sam的积极鼓励，海伦工作的热情空前高涨，她也不断学会新东西，起草合同、参与谈判、跟外商周旋……海伦非常惊讶，原来自己还有这么多的潜能可以发掘，想不到以前那个沉默害羞的女孩，今天能够跟外国客商为报价争论得面红耳赤。

其实，海伦的变化，就是我们说的“皮格马利翁效应”起了作用。在不被重视和激励，甚至充满负面评价的环境中，人往往会受到负面信息的左右，对自己做比较低的评价。而在充满信任和赞赏的环境中，人则容易受到启发和鼓

励，往更好的方向努力，随着心态的改变，行动也越来越积极，最终做出更好的成绩。

我也受到过这种“暗示”，皮格马利翁效应其实体现的就是暗示的力量。

你有过这样的经历吗？本来穿了一件自认为是很漂亮的衣服去上班，结果好几个同事都说不好看，当第一个同事说的时候，你可能还觉得只是她的个人看法，但是说的人多了，你就慢慢开始怀疑自己的判断力和审美眼光了，于是到了下班后，你回家做的第一件事情就是把衣服换下来，并且决定再也不穿它去上班了。

其实，这只是心理暗示在起作用。暗示作用往往会使别人不自觉地按照一定的方式行动，或者不加批判地接受一定的意见或信念。可见，暗示在本质上，是人的情感和观念，会不同程度地受到别人下意识的影响。

人为什么会不自觉地受到别人的影响呢？其实，人的判断和决策过程，是由人格中的“自我”部分，在综合了个人需要和环境限制之后做出的。这种决定和判断就是“主见”。一个“自我”比较发达、健康的人，通常就是我们所说的“有主见”“有自我”的人。但是，人不是神，没有万

能的“自我”、更没有完美的“自我”，这样一来，“自我”并不是任何时候都是对的，也并不总是“有主见”的。“自我”的不完美、以及“自我”的部分缺陷，就给外来影响留出了空间、给别人的暗示提供了机会。我们发现，人们会不自觉地接受自己喜欢、钦佩、信任和崇拜的人的影响和暗示。这使人们能够接受智者的指导，作为不完善的“自我”的补充。这是暗示作用的积极面，这种积极作用的前提，就是一个人必须有充足的“自我”和一定的“主见”，暗示作用应该只是作为“自我”和“主见”的补充和辅助。表面上看，有些积极暗示似乎起着决定性作用，其实，积极暗示对于被暗示者的作用，就像是“画龙点睛”。换句话说，如果你不是那块材料，再多的暗示也无济于事。除接受“暗示”之外，还要树立独立完整的“自我”心理暗示。发挥作用的前提是“自我”的不完善和缺陷，那么如果一个人的“自我”非常虚弱、幼稚的话，这个人的“自我”很容易被别人的“暗示”占领和统治。

暗示也有消极的方面，那就是容易受人操纵、控制。这种人的人格本身，就存在着严重的依赖倾向。所以，“皮格马利翁效应”虽然会对你的生活产生积极或者消极的影响，但是

千万不要盲目地相信它，完全被它所左右。因为外界的鼓励或是批评是每个人都必须要面对的问题，如果总是因为别人的态度而改变自己的话，那就永远也不会成熟。还是说说海伦吧，海伦如今在公司可是跟以前大不一样，活跃的劲头让很多同事都羡慕得不得了。但是后来，海伦遇到了一件事情，差点打垮她的信心。原来是一次跟外商的谈判中，在谈判开始前几分钟，他们才发现自己遗漏了一份很重要的文件，结果对方认为他们的态度不够专业，所以谈判不欢而散，公司也因此损失一笔200万元的订单。事后公司副总问及此事的责任，Sam竟然全部推到海伦身上，说是她的粗心才遗漏了文件。海伦委屈极了：头一天，明明是Sam说他要最后看一下关键文件，他怎么能推卸责任呢？

我们与上司的距离应该保持多远？这是海伦第一次挨训，回家后，她难过了好久，她想不通Sam怎么能冤枉她？明明是Sam的责任啊，为什么会怪到她头上？在海伦的眼里，Sam就是自己的指路明灯，她没有想到在涉及自身利益的时候，平常和蔼友好、从不吝惜自己的赞扬的Sam会这样不讲理。Sam高大的形象在海伦的心中开始瓦解。海伦很失望，很灰心，好不容易建立起来的工作热情又要开始动摇。她开始

怀疑，是不是自己本来就不适合在这家公司工作？不过海伦终究没有辞职，因为不久之后，公司人事变动，Sam又调到别的分公司去了，再新来的上司，既不像胡悦那样老打击她，也不像Sam一样老表扬她，新上司是个理性的人，一切以事实为根据，是就是，不是就不是，也没太多可说的。海伦慢慢也习惯了，渐渐把注意力从别人的态度转移到工作上，这才发现，原先以为做得无懈可击的事情，其实还有很多不完善的地方。海伦也慢慢体会到，其实Sam并不见得认为她如何优秀，只是他的习惯是给别人很多赞美。不过时间长了海伦也就原谅Sam了，也许Sam当时并没有考虑那么多。无论如何，海伦都很感激Sam，因为他的赞美，让海伦从自卑变为自信，积极面对工作，发掘自己的潜能。

海伦终于明白，其实每个人在职场上都有可能既遇到胡悦，也遇到Sam，关键是树立一个独立完整的“自我”，才不会为“皮格马利翁效应”所左右。当然，最好的情况，是自己给自己创造“皮格马利翁效应”：灰心丧气的时候，给自己鼓劲，春风得意的时候，提醒自己不要忘形。海伦相信，有一天，“皮格马利翁效应”会让她美梦成真。

清醒地评估自我

心理学家做过一个试验：他向一些参与实验的人呈现若干描写个性品质的形容词，让他们从中有选择地用这些形容词为自己“画像”。结果发现，那些精神病患者中，77%的人选出不利于自己的词，如“不安的”“烦躁的”“孤独”“情绪易冲动”等来形容自己，而正常人中的70%选择了诸如“诚实”“有良心的”“爱交往的”“自制力强的”等有利于自己的形容词。

看来，心理健康者的自我评价要积极得多。尽管一个人对自己的评价过高对于完善自我是不利的，因为如果只看到

自己的优点，似乎别人皆不如己，容易盲目乐观、不思进取，甚至狂妄自大，这样必然处理不好人际关系。然而在相对客观的标准下，适当积极地评价自我，对心理健康是有利的。

一个心理健康的人会做出恰当的自我评价，他能对自己的身心状况、能力和特点，以及所处的地位、与他人及社会的关系做出正确认识和评价。他们清楚地知道自己存在的价值，对自身的能量、个性、优势有着客观的评价。同时，能接受完美或是不完美的自己，对自身抱有正确的态度，不高傲也不气馁。心理不健康的人却常不自知，对自身缺乏正确认识，自我膨胀，孤芳自赏，甚至是自暴自弃。

学会积极自我评价的最佳途径是时刻将自己的优点反馈给自己，正确认识自己的优点，对通过自身努力获得的成果给予肯定的评价，并将其根植于内心，时时注意浇灌它，培育它，使其生根发芽。

如果我们把自己放在社会这个大背景中，我们能否给自己一个清醒的评估？我们是否是一个有用的人？是否可以成功？是否是一个特别有用的人？

推出一种新产品，只有找出最合适的市场形象，才能打开市场的新天地，这些原则是对任何事物都适用的。

但是，许多人却忽略了这一道理，并且从来不把它用在自己身上，不去思考如何把自己推向市场。

只要我们与企业界的高层人士交往愈多，就愈能体会他们之所以能达到高位的原因：有一部分归功于个人促销，以及更重要的——个人定位。他们不仅工作勤奋，表现优异，而且总是精心布局，让别人能认同自己的价值。

这种自我设计并不是一种弄虚作假，只要能够实事求是地正视以下几个问题就可以了。

1.你的形象如何

你的形象是你获得别人尊重和好感的一个诱因，有时甚至决定着你的命运。

2.你是否找准自己的位置

人才正如产品一样，对谁都能用的产品，往往不是精品，而是大路货或便宜货。这些大路货是不可能与具有特殊功能的产品相竞争和比较的。

即使你什么都懂，别人也会冷眼相看。在当今讲究业务专长，精通专业的社会，同行的共同语言总是容易相通和理解的，人们总是愿意与同行切磋技艺。

因此，如果不能正确地估价自己，那么就不可能得到他

人的理解和支持，道理是显而易懂的。

3.你犯的是哪类错误

吃五谷，生百病。人生在世，总会遇到困难和挫折，也会犯这样或那样的错误，但错误的实质却有根本的不同，主观的错误永远是你致命的弱点。

4.凡事不能聪明过头

IMG公司里有位经理，才思敏捷，反应快速，他能在瞬间衡量情势，作出决定。

这种快速思考的能力，虽然在公司里极受重视与嘉许，但对外来说却未必是优点，很多人会觉得他过于精明厉害。

当他与一家长期从事体育赛事的公司洽淡时，仍然我行我素。这对于习惯照章办事、按部就班的这家公司来说，对他这种即席的解答方法，不仅颇觉惊讶，而且完全跟不上他的速度。结果这家公司没有选择与他合作。

5.你会出名吗

最能让你名声在外的是，做好每一件事，这样自然会有人去为你立传，这比从你自己嘴里说出来，更能令人信服。反之，要不引起他人的反感，最好的词语应是用“我们”“我们公司”，而少用或不用“我”“我的”……

6.你的工作岗位怎样

要赢得赛马的胜利，一靠骏马，二靠骑师。前者的因素占90%，后者占10%。事业前程也是如此，好人配好马，好马配好鞍，定能驰骋商场。你有一个好单位，许多事都可以顺利达成。

爱自己最主要的方法首先是积极的自我评价，胜利者的本质是了解自己的真正价值，有自尊心、有自信心，把自己放在主要位置。失败者的本质是瞧不起自己，疑神疑鬼，过于在意别人的眼光，把别人放在主要位置。

第三章　别压抑你的潜能

第三章

别压抑你的潜能

挖掘自己的潜力

人是自然界最伟大的奇迹，一旦意识到自己的潜力，便会焕发出前所未有的生活热情和勇气。每个人都能成功，每个人体内都具备成功的潜能，尽情发挥这股力量，成功就会紧随而至。潜能是激发我们走向成功的力量，只要我们敢于挑战自己，敢于付出，理想一定会变为现实。只要我们在思想上、身体上、行为上、意识上都掌握迈向成功的策略，并且长久地保持这种状态，不断地采取行动，发挥自己所有的力量，释放内心无比的能量，我们就会开发出巨大的潜能，就会在瞬间改变命运，并且持久地带来变革，取得人生中想要

的非凡成就!

如果你觉得自己是个天才，如果你觉得“一切都会顺理成章地得到”，那可真是天大的不幸。你应该尽快放弃这种错觉，一定要意识到只有勤勉地工作才能使你获得展示自己的机会，才能得到自己所希望得到的东西，在有助于成长的所有因素中，勤奋并努力是最有效的。

也许你一生中能获得机会的可能性还不到百万分之一，然而，当机会不经意间出现在你面前时，你就要赶快把握住机会，将它变成有利的条件。而你所需要做的事情只有一件：行动起来。

我们常说，是金子总要发光的，天才就是这样，无论处在什么样的位置，只要你能把握住机会，你能激发自己内心的潜力，你就能获得成功。

所以，每个人都有很多优点和才能，这些优点便是促使我们走向成功的关键。等到我们能清晰地看到自己的特长，确信能在什么方面取得贡献时，便是开始迈向成功的第一步。相反，如果我们看不出自己的优点和才能，便像是个活生生被埋到坟墓里的人!

成功就是不断开发自己的潜力

我们需要不断地点燃内心的明灯，只有我们内心的灯亮了，我们才能充分地认识自己，才能沿着我们的目标前进，才能不断地激发潜伏在我们内心深处的潜力。无论在何种情形下，我们都要不惜一切代价地激发自身潜能，让自己走上成功之路。我们要竭尽全力亲近那些了解自己、信任自己和鼓励自己的人，他们对我们日后的成功，具有不可忽视的巨大作用。我们更应该与那些努力要在世人面前有所表现的人接近，因为他们有着高雅的志趣和远大的抱负。我们接近那些坚持奋斗的人，他们会使我们在无意中受到感染，从而形

成奋发向上的精神。当我们做得不够完美的时候，我们周围那些不断向上的朋友，就会鼓励我们更加努力，更加艰苦奋斗。看看我们自己吧！我们不是生活的弱者，我们同样是生活中的强者，我们都可以努力地做一个真实的自我，而且我们绝大多数人都有可能做得比现实中的自己更伟大。

我们要获得成功，需要准备的第一件事便是要排除一切限制、阻碍我们的东西进入我们的体内，我们要主动寻找那些使我们能够自由、和谐发展自己的境界。

我们的思想一旦闭塞，雄心一旦消沉，我们的志向就会因此被吞没，我们的希望就会因此化成泡影，我们前进的动力就会因此无影无踪。任何一个人无论在什么情况下，都要尽情地释放自己内心深处强烈而伟大的激情，唯有释放并且运用自己的激情，我们才能挖掘自己的潜力，才能获得成功。

我们生活中的许多人受了限制却又不能摆脱束缚，我们所从事的工作与所谓的大事相比，其实我们还只是在做一些低劣的工作。因此我们可以看出，阻碍我们事业成功的两点：一是没有做好第一手准备；二是不能摆脱束缚。

想一想，我们就会明白，在我们的生活环境中，那些胸怀成大事、立大业的人到处都有，但有的人成功了，有的人

却失败了，这是为什么呢？成功者主要是他们有着远大的理想、广阔的胸怀、丰富的经验、闪光的智慧，正是因为他们有了这些成功的素质，才使他们克服种种困难而走向了成功。他们又是怎么具备那些素质的呢？到底又是什么力量在支撑着他们努力奋进呢？答案是他们内心充满了志在成功的力量。

我们要做一个永远走在前面的人，只有这样，我们才能认识到自我实现意欲浓烈的人更容易超越自我；只有这样，我们才能认识到唯有奋斗，才能成功。因为我们努力了、奋斗了，我们才有了自由发展的空间，才有了坚强的自信，才能够摆脱各种各样的限制，为实现自己的理想找到捷径。

爱默生说："我最需要的是有人让我做我力所能及的事情，而这正是表现自身才能的最佳途径。只要尽我最大的努力，发挥我的才能，那些拿破仑、林肯未必能做的事情，我就能够做到。"这就是说，只要我们能够认识自我，我们就能把存在于我们内心深处的潜在能量激发出来，并能利用起生命中最优良的素质，去实现自己的宏伟理想。

一个人到底有多大的潜能呢？美国心理学家威廉认为一个普通人只运用了其能力的10%，还有90%的潜能可以挖掘。20世纪60年代，美国学者米德则指出人只使用了自身能力的

6%。前苏联学者伊凡认为："如果我们迫使头脑开足一半马力，我们就会毫不费力地学会40种语言，把苏联百科全书从头到尾背下来，完成几十个大学的必修课程。"

这就是说，我们大多数人体内酣睡的潜能一旦被激发，我们就能做出惊人壮举。当一个人激发了自己的潜在才能，找到了真正所谓的内心倾向，就使他本人的效率达到最大化。张其金在《潜能无限》的演讲中强调："我们要注意我们自身潜能的激活，只有重视这一点，我们才能把自己的能力应用在各个工作环节上，从而实现价值最大化。也就是说，只有我们把自己的才能按照适用、能胜任和最有效率的原则分配在各个工作之中，我们才能体现出自己的创造能力。"

一个人的才能一般源于天赋，而天赋又不会轻意地改变。但是，多数人深藏潜伏的志气和才干须借外界事物予以发挥。激发的志气如果能不断加以关注和培养，就会发扬光大，否则就会萎缩消失。因此，如果不能把人的天赋与才能激发并保持以至发扬光大，那么其潜能就会逐渐退化，最后失去它的力量。如果潜能一旦被唤醒，仍需要不断地教育和鼓励，诚如有音乐、艺术天赋的人必须注意培养和坚持一样。否则，潜能和才能，会像鲜花一样，容易枯萎或凋零。

假使我们有潜能而不想去实现它，那么我们的潜能将不能保持一种锐利而坚定的状态，我们的天赋也将变得迟钝而失去能力。所以在这里我不妨把爱默生曾经说过的一句话告诉大家，这句话就是：“我最需要的，是一种能够使我尽我所能的人。”

人人都有巨大的潜能

人的潜能犹如一座待开发的金矿，蕴藏无穷，价值无比，而我们每个人都有一座潜能金矿。但是，由于没有进行各种潜能训练，每个人的潜能从没得到淋漓尽致的发挥。并非大多数人命里注定不能成为“爱因斯坦”，只要发挥了足够的潜能，任何一个平凡的人都可以成就一番惊天动地的伟业，都可以成为一个新的“爱因斯坦”。

驰名中外的冠生园主人冼冠生出生在一个贫苦的家庭里，就是因为贫困，自幼便过早地饱尝了生活的酸甜苦辣。严酷的生活教给他许许多多如何做人和生活的道理，也练就

了他有一个很高智商的头脑，同样也使他明白了一个人要想生存发展只能靠个人奋斗的真谛。

苦难的人生经历磨炼了冼冠生，在很小的时候冼冠生渴望着有朝一日能走出家门去闯一闯外面的世界，但苦于一直没有机会，改变他人生命运的一次机会终于在他15岁这一年降临了。一直盼望儿子日后有所作为能改变家里面貌的母亲得知她的一个亲戚从上海回家探亲，于是，她数次登门拜访，央求这位亲戚将冠生带出家门让他也出去长长见识，找个活干干养家糊口，谋求一个体面点的职业。去一次不答应就还去，这位亲戚经不住她的再三相求，就答应带着年仅15岁的小冠生到大上海闯世界。于是冼冠生开始了他艰难的谋生之路。

初次来到上海的小冠生在生居消夜馆当了一名学徒。经过冼冠生的反复思考后，他觉得烹饪是一门独立谋生的好手艺。因此，他暗暗留心，勤学苦练，虚心求教，技术突飞猛进，他对人热情，慷慨大方，使不少在此学徒帮工的老老少少都很喜欢他，当时很多老厨师给他的评价就是“有悟性且勤勉”。

繁华似锦的大上海让冼冠生大开眼界，眼前的一切深深迷住了他，他在心中暗下决心，一定要在上海把自己的理想实现。

当过三年学徒的冼冠生已学到了一手高超的烹饪技术，而且他自幼过惯了苦日子，生活也相当简朴，所以他省吃俭用省下了一笔工钱。尽管这笔积蓄数目不大，但足以令冼冠生踌躇满志，而且他决定离开生居消夜馆，独自去闯天下。而这也并非他所想象的那么简单，坎坷，困难重重都是对他的一次次考验。

起初由于他并不懂得管理，先后开办的几个消夜馆，都失败了。一些亲戚朋友逐渐对他失望了，有的抱怨他，有的甚至嘲笑他，认为他根本就没有经商的头脑，不是经商的料。但冼冠生对这些风言风语视而不见，根本不在意，因为他坚信自己一定会取得成功的。

可是，冼冠生不得不面对这样一个现实：全家的生活很快就要陷入困境了，他不能坐吃山空，而必须先想办法来养活全家老小。冼冠生认定“人有一技之长，便可吃遍天下”

的道理。于是他捡起了自己熟悉的糕点技术。他考虑到摊贩生意本钱小、灵活性强，不仅可以在大街小巷设点，也可以到繁华地带随意设摊，于是他重新做起了摊贩生意。

就这样，他变卖了消夜馆里的一些家当，凑足了钱，携全家在上海一个偏僻的地方租了间廉价的旧亭子住下来，一家四口人挤在一起，把亭子既当卧室又当作坊，又开始了他的努力奋斗。

全家人在他的带领下起早贪黑，苦心经营，辛勤劳作。他和母亲、妻子在白天制作糕点、牛肉干、陈皮。晚饭后，他便挑着他的小吃担来到戏院门口摆摊。功夫不负有心人，别看冼冠生的摊小、生意不大，但他做生意有一个最大的优点就是讲信誉，因为他深知这对一个做生意的是多么重要，由于他做的糕点以料鲜味美、量足质优而闻名。这自然招来络绎不绝的新老顾客。每当灯戏结束以后，他的小摊总要被围个水泄不通，往往供不应求。同时顾客既是上帝也是最好的商品广告，冼冠生的糕点名气随着时间的推移也越来越响，越传越远。而这些都为他后来的事业打下了坚实的基础。

就在冼冠生的生意蒸蒸日上时，他也已经成为很多人注意的焦点了。冼冠生发现有一个人每天都在盯着他和他的小摊生意。这人就是上海著名的京剧演员薛小青的大少爷薛寿龄，他发现冼冠生的经营越来越成熟，而且糕点制作精细，质量、信誉都有很好的口碑，于是，他决定和冼冠生合作，一起投资开店。薛家在上海滩一带不但很富有，并且具有相当高的社会地位和社会影响力，与社会名流、达官贵人、政界要人，甚至包括三教九流在内都有一定的交情。薛寿龄是个豪爽侠义，胸怀大志的人，他早就有意投身商海，只是苦于没有中意的合作伙伴。现在看见冼冠生为人处事、经营管理都有过人之处，十分满意，于是便立刻主动上门和冼冠生商量，打算一起合作开店，并愿意负责门面店的购买，提供大量资金等。

冼冠生听了之后，觉得这是个很好的时机。他多年来一直耿耿于怀的就是在上海滩一无权势、二无资金，而这两样又是立足上海滩求发展所必不可少的条件，现在有人主动找上门来，冼冠生求之不得。自然两人一拍即合，于是爽快地

答应了。马上决定筹资3 000元共同开办冠生园食品店。薛寿龄考虑到日后发展顺畅，为了扩大生意，便又出面召集了四位大款朋友一起入伙合作。就这样，总共有五人出资，每人平均500元。冼冠生手头没有现钱，就先以家具作价500元入资。这就是人们耳熟能详的冼冠生凭借“500块钱起家”的由来。也是他凭借自己敏捷的头脑抓住了这次大好机遇，迈向了成功的圣殿。

所以，要释放人的潜能，就需要进行潜能激发，让人进入能量激活状态。如果一个组织中所有成功的能量都处于激活状态，那么它可以带来核聚变效应。这正如张其金所说：“潜能激发的前提是相信所有人都具有巨大的潜能，而且这些潜能还没有被释放出来。虽然人们可能通过自我激励来开发潜能，但更可靠、更适用的方法是通过外因的激发带来能量的释放。因为自我激励需要坚强的意志力，而外因的激活则是人的一种本能反应，而且它的激发本身带有一种竞技游戏的效果，这种效果可能激发起我们的雄心，并使我们在一瞬间看到希望，激发起无限潜力，去追求成功的足迹。”

挖掘潜意识中的宝藏

潜能是人类最大而又开发得最少的宝藏！无数事实和许多专家的研究成果告诉我们：每个人身上都有巨大的潜能还没有开发出来。与应当取得的成就相比较，我们不过是半醒着的。我们只利用了我们身心资源的很小的一部分。

张其金在《赢在行动》一书中曾这样写道："在特殊环境下，你常常会身不由己。你再聪明，人家也看不起你，你得用成功证明自己。人必须有一个精神寄托，人是为了一个精神而活着的，否则就会茫然，就会倒下。"

传说美国的红印第安人，为了教导孩童应付森林中野兽

侵袭的危险，从孩童年幼时就严格地训练他们，让他们学习勇敢与坚强的意志。大人把孩子带到森林里，把他绑在一棵树上，让他单独在森林中过一夜。孩子没有成人在旁，当然十分惧怕，大声呼喊、哭泣，但做父亲的并没有离他而去，只是躲在一旁，手里拿着枪，随时准备射击侵袭小孩的野兽。

中国有句成语说，苦尽甘来。另一句又说，吃得苦中苦，方为人上人。这些都是鼓励人在面对苦难的时候要忍耐，要有个盼望。

是否每一个人都会苦尽甘来？吃得苦中苦的，是否必然会成为人上人呢？事实上也不一定。苦难有的是人生必须面对的经历，苦后不一定甘来。

苦难，对于弱者是一个深渊，对于强者是一笔财富，对于智者是一个台阶。

无所失去，也就更加无惧。没有当下的满足，也就更懂得眺望。

基督教徒也有苦难，在《圣经》中耶稣说："你们要谨慎，因为人要把你们交给公会，并且你们在会堂里要受鞭打，又因为我的缘故，站在诸侯与君王面前，为他们做见证，然而福音必须先传给万民。人把你们拉去交官的时候，

不要预先思虑说什么，到那时候，赐予你们什么话，你们就说什么，因为说话的不是你们，乃是圣灵。弟兄要把弟兄，父亲要把儿子，送到死地，儿女要起来与父母为敌，害死他们。并且你们要为我的命，被众人恨恶，唯有忍耐到底的，必然得救。”

对于众多的财富英雄们来讲，他们在面对苦难时，总是用自己的办法去解决，从来就不听天由命。但对基督徒来讲，就不这样。基督徒面对苦难，要依靠耶稣基督，把苦难当作福分。当应对信仰所遇的困难时，会有圣灵帮助你去应对。他们认为在面对苦难的时候，第一，要谨慎言行，不能掉入怨天尤人的境地，苦难的背后有上帝的祝福，可以帮助我们更紧紧地依靠耶稣，让我们的灵性长进，得到更大的帮助。第二，要信仰耶稣基督，他知道我们的苦难，会带我们走出苦难，同时圣灵在我们受迫害时会教导我们如何去应付。第三，要忍耐，靠着住在我们心灵里的圣灵，有足够的力量来忍耐苦难。许多人常常忍耐不住苦难，最后自杀。耶稣告诉我们，忍耐到底，必然自救。

这种说法也是有一定的道理的，我们不妨来看看综艺集团董事长昝圣达、雨润集团的缔造者祝义财、杭州宋城集团的

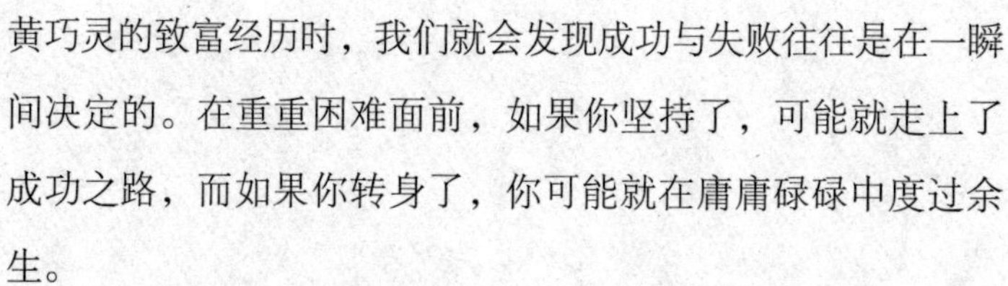

黄巧灵的致富经历时，我们就会发现成功与失败往往是在一瞬间决定的。在重重困难面前，如果你坚持了，可能就走上了成功之路，而如果你转身了，你可能就在庸庸碌碌中度过余生。

所以，世界顶尖潜能大师安东尼·罗宾告诉我们，任何成功者都不是天生的，成功的根本原因是开发了人无穷无尽的潜能。只要你抱着积极心态去开发你的潜能，你就会有用不完的能量，你的能力就会越用越强。相反，如果你抱着消极心态，不去开发自己的潜能，那你只有叹息命运不公，并且越消极越无能！

我们的生活也许正如下面这头驴子的情况，在生命的旅程中，有时候我们难免会陷入“枯井”里，会被各式各样的“泥沙”倾倒在我们身上，而想要从这些“枯井”中脱困的秘诀就是激发潜能，将“泥沙”抖落掉，然后站到上面去！只有这样，你才能渡过逆流而走向更高的层次。

潜能是无限的

世上每个人都是不同的个体，而在每个人的身上也都蕴藏着一份特殊的才能，那份才能犹如一位熟睡的巨人，等着我们去唤醒它，而这个巨人就是潜能。上天绝不会亏待任何一个人，上天会给我们每个人无穷无尽的机会去充分发挥所长。只要我们能将潜能发挥得当，我们也能成为爱因斯坦，也能成为爱迪生。无论别人对我们评价如何，无论我们年纪有多大，无论我们面前有多大的阻力，只要我们相信自己，相信自己的潜能，我们就能有所成就。

人们常说“智者无悔”“勇者无限”，当机遇来到你面

前，你只要用智慧去识别，有勇气去面对它，一个勇者的自信心是获得成功的关键。只有自己对自己有自信，才不会错失机会，最终走向成功。

一个留学生到了澳洲，好不容易找到一份工作。面试时主管问他："你有车吗？你会开车吗？这份工作是离不开车的。"留学生忙说："有，会。"其实那个留学生连方向盘都没有摸过，他只是不想丧失这一绝好的机会。

于是主管说："那好，一周后我们进行面试，请您开车前来。"留学生回去后就借钱买了辆二手车，第二天去学驾驶，第三天就开车上了路，第四天，沉着地开车去考驾照，第五天开着车绕悉尼城转了几圈，开得十分稳妥，一周后通过了面试。现在，凭着自己的努力，他已经一跃成为澳洲电讯的业务主管。

其实，抓住机遇并不难，只要你有足够的勇气和自信，成功就是属于你的。面对机遇，我们不能犹豫，稍一犹豫机遇就会弃你而去，只要是你决定的事情就不要放弃，要有坚定不移的信念。

一个有12年养牛经验的人说过，他从来没有见过一头母

牛因为草原干旱、寒冷、下冰雹而出现什么精神崩溃，也从不会发疯。面对现实，并不等于束手接受所有的不幸，只要有任何可以挽救的机会，我们就应该奋斗！但是，当我们发现情势已不能挽回了，我们就最好不要再思前想后，拒绝面对，要接受不可避免的事实，唯有如此，才能在人生的道路上掌握好平衡。诗人惠特曼说："让我们学着像树木一样顺其自然，面对黑夜、风暴、饥饿、意外与挫折。"

成功学大师卡耐基说："有一次我拒不接受我遇到的一种不可改变的情况。我像个蠢人，不断作无谓的反抗，结果带来无眠的夜晚，我把自己整得很惨。终于，经过一年的自我折磨，我不得不接受我无法改变的事实。"

记住该记住的，忘记该忘记的；改变能改变的，接受不能改变的。中国人主张"随遇而安"，便是在心理上自我调整，做到"处处是吉地"，便可以摆脱客观条件的限制，任何环境都能成功，这才是弹性大、适应力强的表现。一个人不可能总是生活在同一个环境中，即使是生活在同一个环境中，环境也会时常发生变化，如果不会适应环境的变化或者适应不了新环境，则只能被淘汰或归于失败。人必须能处良好的环境，也能处恶劣的境地，才不致为环境所困。我们

应该一方面改造环境，使其安全而舒适，一方面也要随遇而安，以欢愉的心情，来适应当前的环境。能够挑选环境的时候，不要错过机会，好好地挑选。不能挑选的时候，则抱着随遇而安的心情，照样愉快地生活下去，把工作做得很好，才是上策。

事实上，世界本来属于我们，我们只要抹去身上的灰尘，无限的潜能就会像原子能反应堆里的原子那样充分发挥出来，我们就一定会有所作为，创造奇迹。

你的潜能靠自己开发

有句话说得好，你自己的水要你挑，你自己的木材要你去砍。同样道理，你的潜能有待自己去开发。潜能激励专家魏特利曾经说过这样一句话："在开发潜能时，没有人会带你去钓鱼。"

我有一个朋友，他大学毕业没多久，就进入市里一家零售企业的人事部门做个小职员，因为是零售企业，人员需求很大，变动也很大，每天都有人离职，有人报到，这个对工资不满，那个对岗位不满，每天把他搞得心力疲惫。

这还不是最重要的，更令人痛苦不堪的是，我这位朋

友所在公司的老板脾气很大，雷厉风行，一点儿事做不好就要被骂，每次开例会，公司的经理是被骂得最惨的。一出纰漏，每个部门都推说人手不够，忙不过来，工作做不完，反应了多少次也没招来人，就算招来了也多是些工作态度不好，不专业的人，他们为了推卸责任，总是把不是往我朋友所在的人事部门推，于是老总指着经理鼻子骂，骂她办事不力，连个人都招不来，养着你干什么？经理每次都被骂得眼泪汪汪的，但为了生活，也只好承受着。

我这位朋友的人事部经理，算起来也是名牌大学毕业的，长得也漂亮，工作也挺认真的，为了招人，每天不停地奔波在各大招聘会，报刊广告，网上网下全都上，一刻都不敢松懈，每天都有人来应聘，要筛选，要面试，连喝口水的工夫都没有。即使这样，由于出不了成绩，面对老板的不满意，她只得另想办法。

过了一个月，我这位朋友的经理好像变了一个人一样，她显露出一副和蔼可亲的样子，说话也很和气，从不发脾气，好像没什么烦恼似的，工作也不是很用心，她不去招

聘会，不看招聘报纸，每天一杯茶，悠哉游哉的。见领导如此，部下都为她担心，一直认为，这样下去还不被老板骂死。可奇怪的是，来应聘的人络绎不绝，很多都是有经验的，很有实力，其他部门的经理也很满意，就连公司一直空缺的财务总监也招来了，原先来应聘的人老板总是挑三拣四的，这次，二话不说收下了，真是让我们刮目相看，不知道经理是怎么做到的？有一次，部门聚餐，借着酒劲，属下问经理为什么会有如此改变，到底有什么秘诀。经理哈哈一笑，笑眯眯地说："其实，当领导也是有学问的，在职场上，想要成功不只是要靠努力，还要有策略，有智慧，只知道低着头做事是不行的。有时候，只要找对方法就可以事半功倍了，不然，累得半死还不讨好。"

当然，实际情况并没有这位经理说的这么轻松，而是她经历了老板的骂之后，她不断激发自己的潜力，想出了一个很好的办法，这个办法就是用悬赏招聘的方式，最终为公司招到了合适的人。

由此可见，一个人要想挖掘自己的潜力，真正需要唤醒的是自己。我们每个人都应当尽可能地挖掘自身的潜能，

激发自己的雄心壮志。因为潜能是导致我们成功或失败的重要原因。只要我们能够认识到这一点，就会询问自己的行为是否对社会、对他人或对自己有益，是否能让一个人在自主选择的过程中，不断超越自己，并由此获得最大的快乐。当然，这一切都需要我们去不断地努力，只要我们每天多做一些，就是在开始进步，为自己不断地增加力量。就像举重一样，第一天我们拿较轻的，然后第二天稍微增加一点重量，我们就用这种不断增强力量的办法来帮助自己，直到我们能够对自己的人生操控自如。

别压抑自己的潜能

每一个人，即使是创造了辉煌成就的巨人，在他的一生中，利用自己大脑的潜能也不过1/10。

人类的大脑是世界上最复杂、也是效率最高的信息处理系统。别看它的重量只有1400克左右，其中却包含着100多亿个神经元；在这些神经元的周围还有1000多亿个胶质细胞。人脑的存储量大得惊人，在从出生到老年的漫长岁月中，我们的大脑足以记录每秒钟1000个信息单位。

现代科学研究表明，像爱因斯坦那样伟大的科学家，只用了自己大脑的1/10的功能，绝大部分脑细胞仍处于待业

状态。而人脑不同于机器，使用久了会有磨损，而是越用越好用，就像有人学外语，一旦掌握了一两门外语，再学第三门外语就会容易许多。人在一生中，仅仅运用了头脑能力的1/10；也就是说，还有9/10的头脑潜能白白浪费了。而最新的研究更进一步指出，以前人们对头脑的潜能估计太低，我们根本没有运用头脑能力的1/10，甚至连1/100也不到。因而安东尼·罗宾毫不夸张地说，人脑的潜能几乎是无穷无尽的！

医学在发展之初，所作的主要研究不外乎是病理的分析、归类、以及处理病理的方法，随着知识渐增，慢慢有了预防医学，最后才对“健康的人”发生兴趣。很多研究刚开始的时候都是分析、处理病理方面的问题，及至具有了某种知识水准和技术之后就发现要想深入了解人，必须研究健康的人才行。事实上，研究健康的人也是发挥人的潜能的唯一途径。

人类正处于进一步发展的转折点上。人类进一步的发展，有赖那些承认“人只发挥了极小部分潜能”的行为科学家来领导。这种发展引发了当代最具挑战性的问题：如何才能帮助人发挥潜在的9/10的潜能？人究竟有哪些潜能？

人类潜能是一个比较新的研究领域，在这个领域内急需

建立基本的研究框架，同时敢向勇敢的先锋科学家挑战。当今是个心理学的时代，心理学的新趋势是注重“如何帮助健康的人发挥潜能”，一般的有识之士对这个主题也都非常感兴趣。

研究人类潜能不仅激发了科学家和一般人的兴趣，对未来的远景也有重大的意义。探索人类潜能可以作为广泛的训练计划的基础，也可以满足各种领域的不同需要。长久以来，人们一直致力于寻求整个科学的有系统、有组织的原理，研究人类潜能很可能找到这个问题的答案。世界各国对于研究人类潜能重视的程度不同，从苏联1964年发表的官方消息可以看出，苏联的行为科学家极为重视人类潜能的研究。

人类学、心理学、生理学和逻辑学的最新发现证实，人具有巨大的潜能。

著名的苏联学者兼作家伊凡·业夫里莫夫指出：“一旦科学的发展能够更深入了解脑的构造和功能，人类将会为储存在脑内的巨大能力所震惊。人类平常只发挥了极小部分的大脑功能，如果人类能够发挥一半的大脑功能，将轻易地学会40种语言，背诵整本百科全书，拿12个博士学位。”这种描述并不夸张，而是一般人所接受的观点。

如何开发这种巨大的潜能呢？这是一个牵涉既广而又复杂的大问题。同一消息指出，一些十分优秀的苏联科学家曾积极研究人类潜能的因素，以及如何发挥人类潜能。加州大学洛杉矶分校研究脑的爱迪博士及其同事也从事相同的研究；他们对人类潜能都抱着乐观的态度。他们最近的研究发现，脑的功能非常微妙、复杂，几乎无所不能，并且提出了一个令人难以置信的假设："就实用的目的而言，脑的创造力是无穷无尽的。"如果神经学和心理学的发展能够使脑的功能完全发挥，会有什么后果呢？会不会有些国家偷偷地利用这种发现使其科学家和政治家发挥超天才式的能力，影响政治家所谓的"权力平衡"呢？

从上述的两位科学家的联合研究可以看出，积极研究人类潜能的重大意义。在哈佛大学及史密斯桑尼亚天文台研究的美国科学家沙冈博士，和在史坦贝尔格天文研究院研究的前苏联科学家沙可洛夫斯基做了一个惊人的推断：银河系中可能有一百万个相当进步的文明存在。沙冈博士估计，像地球这样的行星，每隔一千年，便会有外太空文明中的"人"造访。沙可洛夫斯基更进一步指出，沙冈博士所作的估计太保守了。

这两位受人尊敬的科学家的推测，使以往被视为无稽之谈的事变为可能的事。如果，的确有外太空人存在，我们这辈子很可能就会碰上。为了整个人类的生存，我们必须开发潜能。

第三章
别压抑你的潜能

千里之行，始于足下

海尔集团董事局主席张瑞敏曾说过：“把每一件简单的事做好就是不简单；把每一件平凡的事做好就是不平凡。”

老子说：“合抱之木，生于毫末；九层之台，起于累土；千里之行，始于足下。”任何的大事都是由一点一滴的小事组成的，没有红砖黑瓦就没有高楼大厦，没有螺丝螺帽就没有现代工业，没有基层员工就没有跨国公司，任何一个细节，一件小事我们都应该认真地对待，全力以赴地做好。

日本是第二次世界大战的战败国，战后的日本经济一片萧条，许多中小型企业纷纷破产，大多企业只好关门大吉。

其中一家水果店也受到很大冲击，老板惨淡经营，举步维艰。

但是水果店老板很有经济头脑，他不甘心就此失败。经过一番苦思冥想，他想出了一个绝好的办法。老板派人去苹果产地预先订购一些苹果，在成熟以前用标签贴在苹果上，当苹果完全变红之后，揭下标签纸，苹果上就留下了一片空白。

水果店老板从客户名录中挑选大约200名订货数量较多的客户，把他们的名字用油性水笔写在透明的标签纸上，请人一一贴在苹果的空白处，然后送给客户。结果几乎所有的客户都对这种苹果感到惊讶，并且十分感动，因为客户们认为商店真正把他们奉为上帝、放在心上了。

这种馈赠活动是很常见的，送给每个客户一两个本地产的苹果，实际上花不了多少钱。但顾客接到这一礼物都十分感激，其效果不亚于送了一箱苹果。因为这一两个颇富人情味的苹果，客户们记住了这一家水果店。

很快，这家水果店的水果销售量大增，顾客盈门，而且还扩大了门面。

一定不要忽视每一个小小的富有人情味的小事和举动，或许那正是我们人际关系和事业成功的关键。

当力量的天平处于平衡状态的时候，一只蚂蚁的重量就有可能改变整个天平的方向。一件小事的作用往往不是事先能够预测的，就好比水果店的老板，他或许并不清楚这个小小的举措到底可以带来多大的效果，又或许是因为生意太差才迫使他想出这样的办法，但正是因为这件别人没有看到，或是看不起的小事，让力量的天平开始倒向了自己这边，借此抓住时机，扩大了自己的规模，把对手远远地甩在身后。

把小事做好对企业的发展有着同样重要的作用。就像一个由许多齿轮组成的传动链一样，其中任何一个齿轮出现故障，那么这个系统就会停止运动。所以我们要把每个齿轮都做好，注重每一个细节，决不能因为一件小事，而坏了我们的大事。一个企业也是如此，企业里的哪一个部门如果有了缺陷，就会影响整个公司。如果销售部门看不起小事，使顾客对其服务不满意，即使别的部门把产品做的再好，顾客也不愿意再买，产品就不可能获利，企业就会垮掉；如果生产部门看不起小事，使产品出了毛病，即使刚开始能销售一些产品，但当人们使用后，发现问题，也会纷纷要求退货，使企业陷入困境……

李嘉诚是一个十分注重每一件小事和每一个细节的人，

也正是这种注重细节的习惯，使得他创业以来从未在一年当中遇到过亏损。即使是在石油危机、亚洲金融风暴的时候，也能平安度过。

有一天李嘉诚去一个酒会时，他听到两个外国人在讲话。其中一个人说：“中区有一个酒店要卖。”另一个就问：“卖家在哪里？”也许是因为他们知道酒会里太多人知道不好，第一个说话的人犹豫着说：“在Texas（德州）。”李嘉诚听到后就知道是希尔顿酒店，他立刻打电话给他的一个董事，因为那个董事是稽核那一行的，刚好他又和卖家是好朋友。在酒会还没结束时，李嘉诚就跑到那个卖家的会计师行（卖方代表）那里去了。

到了卖方的办公室，看到卖方的稽核，李嘉诚就说：“我要买这个酒店。”卖方说：“我感到很奇怪，我们是两个小时前才决定卖出希尔顿酒店的，你是怎么知道的？”而李嘉诚只是说：“如果你有这件事，我就要买。”之后李嘉诚如愿地买到了希尔顿酒店。

其实在当时，李嘉诚早已估计到：全香港的酒店在两三

年内租金会直线上涨，而卖家又是一个在西里岛拥有凯悦饭店的上市公司，就算只计算希尔顿饭店的资产，李嘉诚就买的值得。

正是由于李嘉诚没有忽略这些看似不起眼的小事，他才会在没有人知道的情况下，迅速地买下希尔顿饭店。由于他在酒会中注重细节，听到两个外国人的讲话，才能在第一时间得到有价值的信息。由于掌握了决定性的资料，而且没有人知道，也就没有竞争，只有他一个人买，才能这么顺利地以合理的价格买下希尔顿饭店。在酒会上还有许多的成功人士，他们怎么没有听到那两个外国人的讲话，使他们错失良机呢？那是因为他们不在乎这件小事，而李嘉诚已经把注重细节当成了一种习惯，使得他在没有竞争对手的情况下，成功地买下了希尔顿饭店，使自己的事业更上一层楼。

了解细节，掌握信息，做好每一件小事。等到机会还未来临时，你就已经做好了准备，你也会在第一时间出击，以迅雷不及掩耳的速度抓住机会。我们应该迅速地吸取经营行业最新的知识、最准确的技术和一切与行业有关的市场动态及讯息，并在实施过程中注重每一件事情，使自己能轻而易

举地在竞争市场中处于有利位置，这样我们才能够成功。

生活中总是有些人在抱怨自己没有施展的空间，认为自己天生就是做大事的人，很多的小事都看不到眼里去，但是为什么像李嘉诚、张瑞敏这样真正成功的人士却把一件小事看得如此重要呢？因为他们明白，所谓的大事，不过是若干小事的结合体，认真地把每一件小事做好，大事自然成矣，图难于其易，为大于其细。天下难事，必作于易；天下大事必作于细。看不起小事的人，往往心态比较浮躁，容易急功近利，这是在通往成功道路上的最大的障碍。

万丈高楼平地起，脚踏实地地做好每一件事，过好生活中的每一天，这就是成功的金钥匙！

行动激发潜能

“种下行动就会收获习惯；种下习惯便会收获性格；种下性格便会收获命运”，心理学家兼哲学家，威廉·詹姆士这么说。他的意思是——习惯造就一个人，你可以选择自己的习惯，在使用座右铭时，你可以养成自己希望的任何习惯。

在说过“现在就去做”以后，只要一息尚存，就必须身体力行。无论何时必须行动，“现在就去做”从你的潜意识闪到意识里时，你就要立刻行动。

请你养成习惯，先从小事上练习“现在就去做”，这样你很快便会养成一种强而有力的习惯，在紧要关头或有机会

时便会“立刻掌握”。

比方说你有个电话应该打，可是你总是拖拖拉拉，而事实上你已经一拖再拖。如果这时那句“现在就去做”从你的潜意识里闪到意识里：“快打呀！请你立刻就去打吧。”

或者，你把闹钟定在早上六点，可是当闹钟响起时，你却觉得睡意正浓，于是干脆把闹铃关掉，倒头再睡。如果这种情况继续下去，你将来就会养成习惯。假使你的潜意识把“现在就去做”闪到意识里，你就不得不立刻爬起来不睡了。为什么？因为你要养成“现在就去做”的习惯呀！

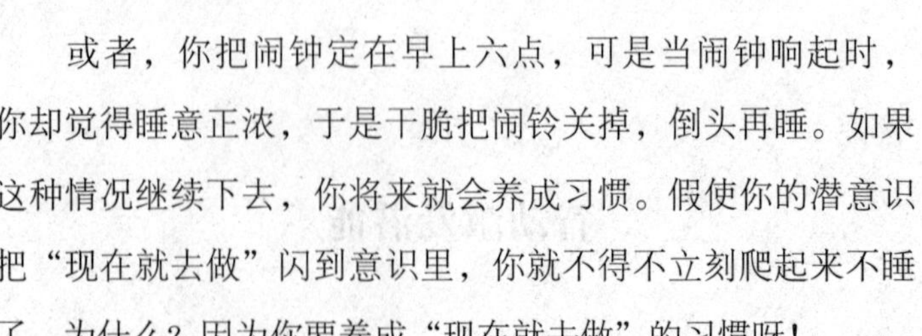

魏尔士先生就是因为学到做事的窍门，而成为一个多产作家。他绝不让灵感白白溜走，想到一个新意念时，他立刻记下。这种事有时候会在半夜里发生，没关系。魏尔士立刻开灯，拿起放在床边的纸笔飞快地记下来，然后继续睡觉。

许多人都有拖拖拉拉的习惯。因此就误了火车，上班迟到，甚至更严重——错过可以改变自己一生，使他变得更好的良机。

所以，要记住：“现在”就是行动的时候。

行动可以改变一个人的态度，使他由消极转为积极，使原先可能糟糕透顶的一天变成愉快的一天。

卓根·朱达是哥本哈根大学的学生，他就是这样做的。有一年暑假他去当导游。因为他总是高高兴兴地做了许多额外的服务，因此几个芝加哥来的游客就邀请他去美国观光。旅行路线包括在前往芝加哥的途中，到华盛顿特区做一天的游览。

卓根抵达华盛顿以后就住进“威乐饭店”，他在那里的账单已经预付过了。他这时真是乐不可支，外套口袋里放着飞往芝加哥的机票，裤袋里则装着护照和钱。后来这个青年突然遇到晴天霹雳。

当他准备就寝时，才发现皮包不翼而飞。他立刻跑到柜台那里。

“我们会尽量想办法。”经理说。

第二天早上仍然找不到，卓根的零用钱连两块钱都不到。自己孤零零一个人待在异国他乡，应该怎么办呢？打电报给芝加哥的朋友向他们求援？还是到丹麦大使馆去报告遗失护照？还是坐在警察局里干等？

他突然对自己说：“不行，这些事我一件也不能做。我

要好好看看华盛顿。说不定我以后没有机会再来，但是现在仍有宝贵的一天待在这个国家里。好在今天晚上还有机票到芝加哥去，一定有时间解决护照和钱的问题。”

“我跟以前的我还是同一个人。那时我很快乐，现在也应该快乐呀。我不能白白浪费时间，现在正是享受的好时候。”

于是他立刻动身，徒步参观了白宫和国会山庄，并且参观了几座大博物馆，还爬到华盛顿纪念馆的顶端。他去不成原先想去的阿灵顿和许多别的地方，但他看过的，他都看得更仔细。他买了花生和糖果，一点一点地吃以免挨饿。

等他回到丹麦以后，这趟美国之旅最使他怀念的却是在华盛顿漫步的那一天——如果他没有运用做事的秘诀就会白白溜走的那一天。“现在”就是最好的时候，他知道在“现在”还没有变成“昨天我本来可以”之前就把它抓住。

就在多事的那一天过了五天之后，华盛顿警方找到他的皮包和护照，并且送还了他。

总之，如果下定决心立刻去做，往往会激发潜能，往往会使你最热望的梦想实现。

史威济非常喜欢打猎和钓鱼，他最喜欢的生活是带着钓鱼竿和猎枪步行50里到森林里，过几天以后再回来，精疲力尽，满身污泥而快乐无比。

这类嗜好唯一不便的是，他是个保险推销员，打猎钓鱼太花时间。有一天，当他依依不舍地离开心爱的鲈鱼湖，准备打道回府时突发异想。在这荒山野地里会不会也有居民需要保险？那他不就可以同时工作又有户外逍遥了吗？结果他发现果真有这种人：他们是阿拉斯加铁路公司的员工。他们散居在沿线五百里各段路轨的附近。他可不可以沿铁路向这些铁路工作人员、猎人和淘金者拉保呢？

史威济就在想到这个主意的当天开始积极计划。他向一个旅行社打听清楚以后，就开始整理行装。他没有停下来让恐惧乘虚而入，自己吓自己会使以后认为自己的主意变得很荒唐，以为它可能失败。他也不左思右想找借口，他只是搭上船直接前往阿拉斯加的“西湖”。

史威济沿着铁路走了好几趟，那里的人都叫他“步行的史威济”，他成为那些与世隔绝的家庭最欢迎的人。同时，

他也代表了外面的世界。不但如此，他还学会理发，替当地人免费服务。他还无师自通地学会了烹饪。由于那些单身汉吃厌了罐头食品和腌肉之类，他的手艺当然使他变成最受欢迎的贵客啦。而在这同时，他也正在做一件自然而然的事，正在做自己想做的事：徜徉于山野之间、打猎、钓鱼，并且——像他所说的——“过史威济的生活”。

在人寿保险事业里，对于一年卖出100万元以上的人设有光荣的特别头衔，叫作“百万圆桌”。在孟列·史威济的故事中，最不平常而使人惊讶的是：在他把突发的一念付诸实行以后，在动身前往阿拉斯加的荒原以后，在沿线走过没人愿意前来的铁路以后，他一年之内就做成了百万元的生意，因而赢得“圆桌”上的一席地位。假使他在突发奇想时，对于做事的秘诀有半点迟疑，这一切都不可能发生。

“现在就去做”可以影响你生活中的每一部分，它可以帮助你去做该做而不喜欢做的事；在遭遇令人厌烦的职责时，它可以教你不推拖延宕。但是它也能像帮助孟列·史威济那样，这个刹那一旦错过，很可能永远不会再碰到。

请你牢记这句话：“现在就去做！”

心态限制了潜能

常常听到人们这样想，“唉，像我这样的人，肯定是一无所成。”

“唉，别胡思乱想了，我们公司最有前途的人就是那些既年轻，又有学历的人。”

“唉，我这样的人还能抓住什么机会？压力如此之大，还是随大流吧！”等等。就是由于这些诸如此类的思想限制了人类的潜能。

张其金说：“在我们的人生旅程中，决定我们命运的是决心，而不是环境。如果一定要，我们一定能够找到方法。

决心，表明没有任何借口。改变的力量源自于决心，人生就注定于我们做出决定的那一刻。只有决定一定要成功，潜能才能被激发。我们到底是想成功还是一定要成功，要成功就立即采取行动。”

富兰克林在自己的人生信条里对决心有着自己的见解，在富兰克林看来，要做之事就要下决心去做，决心做的事一定能完成。因为富兰克林知道，决心的价值在于下定这个决心所需要的勇气。在某种情况下，做出一个伟大决定，往往是冒着死亡的危险而做出的。

林肯决定发表著名的《解放黑人奴隶宣言》这一个使美国黑人获得自由的讲话时，已经充分预料到，这一举动将使成千上万的朋友和本来拥护他的人转而反对他。

苏格拉底宁可服毒，也不肯背叛自己，这是一个勇敢的决定，他将历史向前推进了1 000年，并赋予未来的人们以思想和言论的自由。

李将军在决定脱离美联邦，站到南方这边来的时候，表现出了超常的勇气。因为他知道，这个决定可能要使他付出生命的代价，也可能要牺牲别人的生命。

每个人都不愿自己过一种平庸的生活，而是希望能够凭

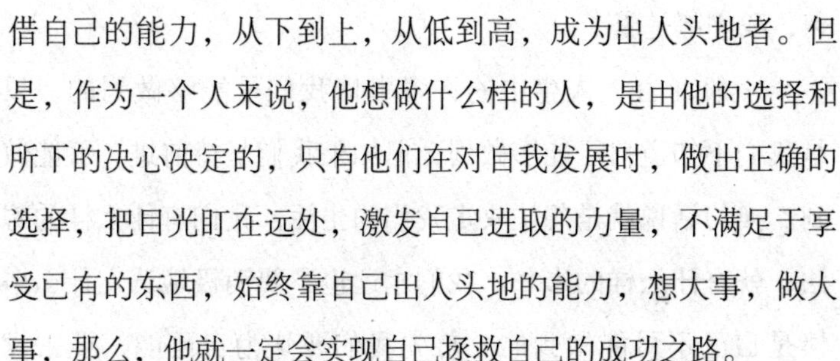

借自己的能力，从下到上，从低到高，成为出人头地者。但是，作为一个人来说，他想做什么样的人，是由他的选择和所下的决心决定的，只有他们在对自我发展时，做出正确的选择，把目光盯在远处，激发自己进取的力量，不满足于享受已有的东西，始终靠自己出人头地的能力，想大事，做大事，那么，他就一定会实现自己拯救自己的成功之路。

还在我上学的时候我便产生了一个愿望，希望能写一本小说，因为在我读过一些著作之后我被那美妙的文字所打动。多想有一天我可以以文字来与别人分享自己的内心，是的，我在等待时机。我知道要达到这个目标除了自己对文学的兴趣之外，还必须要做出许多的努力与积累。我对自己的朋友们说出了这个愿望，并付诸行动，从一首首短诗到一篇篇散文，我的作品从学校的板报上终于登上市级的杂志，我知道我离目标又近了一步，直到现在我写这本书，我知道对于我而言它意味着什么，当然我不会忘记自己那个最初的愿望，写一部小说。

我们当中的许多人认为自己不是有经验的失败者就是无经验的胜利者。其实，我们在有经验的失败者与无经验的胜利者之间做抉择，我们可以成为胜利者，获胜的经验愈多，就愈具备胜利者的特征。当我们全力以赴时，不管结果如

何，我们都是赢了。

一般而言，人生中的许多事情我们是能够做到的，只是我们不知道自己能够做到，但如果我们坚持前进，就能做到。换句话说就是想法决定我们的生活，我们有什么样的想法，就有什么样的未来。我们永远也不要消极地认定什么事情是自己不可能做到的。首先我们要认为自己能，要去尝试、再尝试，最后才会发现自己确实能。

这是从做人的角度来看的。如果从做企业的角度来看，我们同样会发现这样的问题。

所以，想到才能做到，有了这种观念，我们就会相信，一个成功的企业，应该是一棵参天大树，铁的枝干同时朝着理想的天空和现实的土壤伸展。只看眼前固然小肚鸡肠，但理想总也够不着，曾经的雄心和自信则会渐渐消逝于无形，凡事浅尝辄止，遇难而退，最终一事无成，湮没在滚滚的市场红尘中。

一个成功的企业，应该学会把理想拉近，应该有着一种强烈的欲望，而把这种欲望变成现实是有可能的。所以说，当你在寻找这种方法时，不要期待奇迹的出现；你只能发现永远不变的自然法则。有信心和勇气去应用这些法则，就会从中受益。

发展潜能，实现自我

自20世纪80年代以来，人本主义运动得到了进一步深化。其内部，主要是以马斯洛和罗杰斯为一方的自我实现说和以罗洛梅及其他存在主义心理学家为另一方的自我选择说。

在马斯洛逝世以后，罗洛梅和罗杰斯关于人性问题开始了公开辩论，罗洛梅不同意罗杰斯关于恶是环境造成的说法，他认为，恶和善都存在于人的本性中，都是人的潜能，对人本主义来说，不正视恶的问题将会对其产生很深的、很有害的影响。

此外，代表人本主义心理学主流的自我实现理论，也有不同的发展趋向。罗杰斯一派仍坚持以个体心理为中心的研究，但另一些人已开始研究超个人的心理学，探讨个体意识如何超越自身而同广阔的世界相融合。

马斯洛心理学，特别是他晚年的著作，为超个人心理学奠定了理论基础。他关于自我实现的人以及超越者的人格特征的研究，促进了心理学对意识状态的经验研究。他在晚年时期修订的需要层次模型，是当代超个人发展理论的先导。在当时，马斯洛将这种需要层次理论应用到工商管理、宗教、哲学和政治等领域，为后来超个人心理学的应用研究开辟了道路。

对于建设方法论，马斯洛曾提出，传统的科学方法不足以解决人类心理的复杂问题，人本主义方法论不排除传统的科学方法而是扩大科学研究的范围，以解决过去一直排除在心理研究范围之外的人类信念和价值问题。

其实在20世纪70年代末，就已出现一种以科学方法论加强人本主义心理学的尝试，代表人物是里奇克，他认为，人本主义重新把目的论引进心理学是以新的范式取代旧的范式，但必须以辩证方法和严密逻辑，增强人本主义心理学的

科学性，才能完成这一转变。

在马斯洛的基本需要理论中，提出了“自我实现”作为最高目标。所谓的自我实现就是“一个人想要让自己变得越来越像人本来的样子”。换句话说，人在成长的过程中会有一种需要，也就是需要变得“真的像一个人”。

由此我们可以看出，人除了需要身体方面的发育成长以外，还会希望心智方面也慢慢发展成熟，而成为一个“真正的人”。

要让心智趋于发展和成熟，必须不断地吸收知识，同时使自己能够具备审美和主动选择的能力。这一方面逐渐发展成功之后，就要更上一层楼，往心智方面发展，让自己具有丰富的爱心，可以表现出关怀别人，公正无私等高贵的情操。这就是马斯洛对于自我实现的基本构想。

马斯洛曾说：“一个人能够做成什么样的事，他就必须成为什么样的人。”也就是说，一个人是什么，不再是从他的过去或潜意识来看，而是从能力来看，因为人有潜能需要被实现。一个人如果能够不断地发展潜能，他的理想也将永无止境。

我们不需要问：“人是什么？”因为这个问题没有标准

答案。提出这个问题，等于是把人局限在某种情境下静止不动，然后研究其表面的身体、感官、行为，以及生物性的刺激反应、条件反射，如此而已。

但是，我们必须问的是："人应该成为什么？"因为这意味着一种潜能，代表着渴望去实现正面的目标。

好运气是自己创造出来的

在现实生活中，我们总是能够在网络上、电视上，或者亲朋好友和同事那里，听说某某地方又出现了一个小明星，小小年纪就成了名人，可以说，人尽皆知，而且，一时间名利双收；我们也时常会看到有些刚刚毕业的大学生一参加工作就年薪十几万，不费吹灰之力就较早地拥有了豪宅名车；也看到有些人二十几岁就当上了老板，拥有资产上亿元，成了年轻人中的佼佼者；更看到有些人一夜暴富、一夜成名……

每当听说或看到这些事情的时候，我们总是会情不自禁

地说："他们的运气真好。"我们的言语中透着几分羡慕，几分渴望。

确实，他们是令人羡慕的，而且他们也有着很好的运气。但是我们回过头再仔细想想，难道我们没有得到这些，真的是因为我们的运气比较差吗？他们所取得的成就真的就与他们自身的努力奋斗没有一点关系吗？

比尔·盖茨的财富是惊人的，他是很多人羡慕的对象，当然他也是幸运的，他十几岁就开办了自己的公司，36岁就成为世上最年轻的亿万富翁。可是，他背后的努力有几个人知道呢？

他从小就有着超出常人的远大抱负，希望创造自己的软件帝国，为了实现自己的梦想，他将整个身心投入到这项事业中来。他废寝忘食地工作，在他的世界里似乎根本就没有星期天，只有忙碌。

可是，我们所看到的只是他成功和辉煌的一面，却忽视了这辉煌背后所包含的血汗。我们只看到他幸运的一面，却没有看到这幸运背后的艰辛和坎坷。其实，他和其他的伟大人物一样，其成功不但有运气的成分，更主要的是他们自己

的努力付出。

如果我们研究一下古今中外成功者的故事，我们就不难发现，与其说他们是幸运的，不如说是因为他们的奋斗而创造出的幸运。

幸运也就是机遇，那些成功的人，往往只不过较之别人更早更准确地抓住了身边的机遇而已，这对成功来说是莫大的帮助，但这只是成功的一个诱因，关键还在于后来的奋斗和拼搏。

比如，一个出身于家底丰厚的人，他的成功跟家里留给他的财富有关，但是如果他后天不努力的话，即使再丰厚的家产也会被耗费一空，不是有句古话叫“坐吃山空”吗？只有不断去开发新的资源，才能不致使原来的资源枯竭。只有不断努力去创造新的幸运，才能走向成功的顶峰。所以说，好运不是与生俱来的，而是人们在生活历程中创造出来的。

鲁斯·劳特瑞克天生长得畸形而矮小，但他创造的杰出绘画技巧使其成为印象派时代最伟大的天才之一，尽管他身材矮小，他却被视为一位巨人。

还有一个人，他的神经系统失调，因此，严重影响了他的语言表达能力，而且他被长期禁锢在轮椅上，生活不便，

更别说在某一方面有所建树。但他在理论物理方面所做的工作，却成为当代解释宇宙的最重要的理论贡献之一。他的同事说："他对于爱因斯坦，正如爱因斯坦对于牛顿。"人们在谈到他时，常常忘了他是个行动不便的不幸人，都一致认为他是个非常幸运的人，因为没有多少人可以达到他所达到的高度——不管是学问还是心理。这个人就是斯蒂芬·霍金。

尽管这些人都有身体方面的某些残缺和一些难以逾越的障碍，但他们还是成功了，而且成了很多人学习的榜样。应该说，他们的运气并不好，但是他们却用自己的努力为自己创造了一份难得的好运。

多数人往往这样认为：如果那些不幸的人在抱怨自身不幸和身体缺陷中度过他们的一生，我们也不会对他们有什么指责，因为他们的自身条件远远不如我们，因为他们的命运实在糟糕到了极点，但他们的成功不知要大于我们多少倍，其中最重要的原因就是：他们不甘于庸碌的人生，他们有勇气挑战坏运气，争取到人生的好运。于是，当他们付出了超出常人的辛劳之后，幸运女神也就自然会格外垂青他们了。

为什么我们常常喜欢去期待命运的垂青，而不是在奋斗中去创造自己的幸运呢？也许看了下面这个笑话，我们能够从

中受到很多启发：

有一个老农，到了收获马铃薯的季节时，他却一直坐在他的地边，而不挖已经成熟的马铃薯，他的邻居看到了，就问他为什么不干活儿。

老农说："我不用受累，我的运气好极了。有一次我正要砍几棵大树，忽然一阵飓风把大树刮断了，根本不用我动手。又有一次我正要焚烧地里的杂草，一个闪电把它们全烧光了。"

"噢，你的运气真不错，那你现在在干什么呢？"他的邻居又问道。

老农回答说："我在等一次地震把我的马铃薯从土里面翻出来。"

也许我们都会觉得这个老农好笑，把希望寄托于运气。虽然故事只是人们故意杜撰出来的，但是，现实生活中却并不缺乏这样的真实事情。

生活中，很多人相信命运天注定，因此常常把希望完全寄托在神灵的身上，借助求神拜佛等迷信的行为，来梦想达到自己的愿望，因此在如今的农村里这样的事还屡见不鲜，

很多人怀着一颗虔诚的心到“神算子”“活菩萨”那里求签问卦，上香磕头，希望神灵给他们开通一条财路，从而摆脱贫穷，走向富裕。渴望富裕生活的心理是没有错的，但是把希望寄托在神灵的身上而自己不去努力争取的行为却是大错特错的。

阿拉伯人也有句谚语：“把一个幸运的人扔进海里，他会衔着一条鱼爬上岸来。”

犹太人有句格言：“假如一个不幸的人去卖雨伞，大雨会停止；假如他去卖蜡烛，太阳会永不落山；假如他去做棺材，人们会长生不老。”

每个人生下来都是同样的，出身于贵族富豪之家的人即使刚开始的幸运因素多一点，但如果后天不努力照样会沦为不幸；而出身于低贱贫寒之家的人也许刚开始身上没有一点幸运的影子，但如果后天努力争取照样可成为一个幸运的人。谁的一生都不会一帆风顺，每个人都有处在逆境的时候，但是幸运者和不幸者对待逆境的心态是不同的。

《幸运元素》的作者、心理学家理查德·怀斯曼花了十年时间寻找捉摸不定的“幸运因素”，并寻求了解好运背后的心理原因。

为此，他采用心理测验问卷和访谈等方式，对400名最幸运和最不幸的人的生活进行了研究，最后，他发现那些运气很好的人都在不自觉地参考“四个基本原则”，这“四个基本原则”是：

1.态度乐观

运气好的人在生活中总是抱着乐观、随和的态度，他们期望好运降临并坚信未来是光明的。这些期望本身会帮助幸运者在失败面前继续不懈地努力，并以积极的方式与他人交往。因此，他们在遇到问题时，总能轻松地解决。

2.判断准确

他们总能根据他们的本能和直觉对事情做出正确的决断。

3.有能力

好运者总是有能力将厄运转化为好运。他们懂得使用各种心理学技巧来对付降临到他们身上的厄运，从而从厄运中突破，有的人甚至因逆境而获得发展。比如，他们会想，也许事情原本可能更糟；他们也不总是想着不幸而不能自拔，而是设法控制形势。

4.能够把握和利用机会

他们最大限度地利用他们的机会。他们善于创造和发现

机会，并在机会来临时采取行动；他们对生活采取一种轻松的态度，且从不拒绝体验新经历。

其实，幸运的人时时都在创造运气，所以他们成功了，而不幸的人时时都在碰运气，所以他们运气好的时候非常少。所以说，好运要靠自己主动创造，而不是任何人的施舍。人生苦旅，好花不常开，好运不常在。唯有靠自己去努力，去争取，去创造，才有可能实现自己的梦想。一个人首先要有坚强的信心，有战胜困难的勇气，并且敢于在实干中进取，这样才能创造出一个又一个机遇，成为一个好运的人。

很多时候，幸运与否是与自己的心态有关的，要首先相信自己可以遇到好运气，而且在接下来的行动中去努力争取，也才有可能争取到好运。

一直以来，许多人认为哥伦布能够发现新大陆，是由于他自己强大的野心和顽强的精神所致，但是人们却不知，他的成功还要归功于一次幸运的饮水。

15世纪80年代，同大多数冒险家一样，哥伦布也认为往西航行到盛产香料的印度群岛是有可能的，但不幸的是，他没有找到一位资助旅费的皇室支持者。一年又一年，他游走于欧洲各国的宫廷，却屡次被拒绝。这样一直持续了八年时

间，事情还是毫无进展。最后他返回西班牙宫廷，再次会见了当时的国王费迪南和王后伊莎贝拉。听取了哥伦布的陈述后，他们再次拒绝了他。

绝望的哥伦布离开宫廷后，走在外面炎热的大街上，很快他感到口渴，于是他就在附近的修道院停下来找水喝。他和其中一位修士攀谈起来，不一会儿就倾吐了他渴望旅行的心愿。那位修士恰巧就是王后伊莎贝拉告解的神父。他对哥伦布的决心印象深刻，便主动向伊莎贝拉提起这件事，所以，伊莎贝拉又接见了哥伦布一次。这一次，国王和王后终于同意了。

马克斯·巩特尔说：“如果厄运能扭转我们的掌控力，好运同样能做到。勇敢的人随时准备抓住身边的每一个好运，即使意味着会走向一个全新的、无法预知的方向。他们不想僵滞地过生活，以免忽视了生活常态以外的幸运契机。”

其实有时幸运就在我们身边，只是我们时常与之擦肩而过。只要我们摆正心态，肯努力和奋斗，我们就会得到属于我们自己的好运。

第四章　自我意识

第四章

自我意识

心理学中的意识流

在中国，人们习惯于认为思想和感情来源于“心”，又把条理和规则叫作“理”，所以用“心理”来总称心思、思想、感情等，而心理学是关于心思、思想、感情等规律的学问，是研究人的心理活动及其发生、发展规律的科学。

人的任何行为都离不开心理活动，通常说的感觉、知觉、记忆、思维、想象、情感、意志以及个性特征都可称之为心理现象，心理学与我们的生活密切相关。

大家一提到心理学，就会想到有病、精神分裂，虽然，心理学有生物学和医学的基础，但是，它还脱胎于哲学。

心理学与哲学的关系，在我国心理学界一直存在不同看法。正确认识和处理心理学与哲学的关系，有利于促进我国心理学的健康发展。有人认为，心理学之所以能成为一门独立的学科，就是由于它摆脱了哲学的羁绊，崇尚自然科学的实验验证。其实这是一种误解。由于人的心理、意识与其世界观、人生观、价值观具有不可分割的联系，心理学家从事研究必然自觉或不自觉地受到哲学的一定影响。就实质而言，是源于辩证唯物主义与心理学研究的融合。

从研究对象看，心理学研究的客体是人。人是认识和改造世界的主体。心理学是研究人在社会实践活动中认识、感情、意志和个性特征形成和发展的规律性的科学。

马克思主义认为，人是社会历史发展的产物，是有意识、能思维的存在物。从人与自然界的联系讲，人是自然界的一个组成部分，是自然存在物。从人与社会的联系讲，人是社会关系总和的体现者，是社会存在物。人的自然本质和社会本质是辩证统一的，所以，“人的本质不是单个人所固有的抽象物，在其现实性上，它是一切社会关系的总和”。人的本质规定着其心理、意识的本质。

人的心理、意识就其生理基础来讲，是人脑的产物；就

其社会根源来讲，是在人类社会活动首先是劳动和社会交往的影响下形成和发展起来的。概括而言，人的心理、意识是人脑对客观世界的反映，既依赖于人的自然存在，又依赖于人的社会存在。在人的心理、意识的活动过程中，自然因素和社会因素是以辩证统一的形式存在、运动和发展着的，但社会因素是主要的、起决定作用的。

心理学是在哲学、自然科学、社会科学交合点上形成的一门具有综合性的边缘学科。从发展过程看，它很古老，已经有几千年的历史，从有哲学那个时代起，心理学的基本问题就成为哲学所注意、所研究的内容了。但是，心理学又是一门很年轻的科学，因为只是从19世纪后半叶起才从哲学中分化出来而成为独立的学科，至今不过100多年。

心理学由于它所研究的对象即心理、意识，与哲学研究的基本问题即物质和意识、存在和思维的关系有着不可分割的联系，因而与哲学形成了十分密切的关系。

列宁曾经把心理学规定为“那些应当构成认识论和辩证法的知识领域”。由此可见，心理学从哲学母体中分化出来而成为一门独立学科，并不意味着心理学与哲学相互割裂、彼此对立。

虽然19世纪才从哲学中分离出来，尽管年轻，但科学的心理学有着巨大的生命力，它已越来越广泛地渗透于人们生活实践的各个方面。

我们每一个人都可以说是一个业余心理学家。当你才三四岁的时候，是不是已经会揣摩别人的心思了呢？你懂得怎样把玩具藏起来让其他小朋友找不到，你甚至还会略施小计，提供错误的线索去误导他们。妈妈生气的时候，你便能从她的神情和语气上判断出来，而乖乖地停止胡闹；一旦发现妈妈雨过天晴，你就又提出你的小要求了。作为父母，则知道如何正确地实施奖惩以纠正你的不良行为、养成良好的习惯。所以上述这些现象都是基于对他人心理的观察和推论。也就是说每个正常的人，都能对他人在日常生活中的感情、思维和行为进行一定程度的推测。这就是心理学和心理学家所努力研究和证实的内容之一。

心理学是社会科学还是自然科学，在于视角及立场，因为它本身具备两者的特点，基础心理学归为自然科学范畴，应用心理学归为社会科学范畴，因此，有人称之为“中间学科”。

从在整个科学系统中的地位和作用来讲，心理学是一门具有特殊性的基础科学，它同时具有自然科学和社会科学的

特点，具有联系自然科学和社会科学的中介作用，但从整体上讲，它更侧重于社会科学。

在心理学研究中，又有侧重于自然科学的心理学分支学科和侧重于人文社会心理学的心理学分支，二者犹如鸟之双翼、车之两轮，在整个心理学系统中具有同等的重要性。随着社会的发展进步，心理学的地位和作用愈来愈重要。客观现实要求心理学更加重视人的全面发展，更加重视人自身而非技术的因素。以马克思主义为指导，从全面建设小康社会的实际需要出发，建立中国特色的心理学理论体系，更好地为中国特色社会主义事业服务，这是我国广大心理学者的共同任务。

意识与自我意识

意识，是指对于意识活动本身的认识。从广义上来看，是指人对自己的属性、状态、行为、意识活动的认识和体验，以及对自身的情感意志活动和行为进行调节、控制的过程。

而在近代西方哲学界，一些哲学家赋予这一术语以更多不同的含义。在康德哲学中，自我意识即先验的统觉的同义语，指主体意识对于经济材料的综合统一功能；在黑格尔的哲学体系中，自我意识则被视为人类精神在主观精神发展阶段上，介乎于意识之后，理性之先的特定的意识形式。

从心理学的角度讲，自我意识是一个人对自己的认识和

评价，包括对自己心理倾向、个性心理特征和心理过程的认识与评价。正是由于人具有自我意识，才能使人对自己的思想和行为进行自我控制和调节，使自己形成完整的个性。

自我意识是对自己的身心活动的觉察，即自己对自己的认识，具体包括认识自己的生理状况（如身高、体重、体态等）、心理特征（如兴趣、能力、气质、性格等）以及自己与他人的关系（如自己与周围人们相处的关系，自己在集体中的位置与作用等）。

自我意识是人对自己身心状态及对自己同客观世界的关系的意识。自我意识包括三个层次：

第一个层次：对自己及其状态的认识；

第二个层次：对自己肢体活动状态的认识；

第三个层次：对自己思维、情感、意志等心理活动的认识。

由此可见，自我意识不仅是人脑对主体自身的意识与反映，而且说明人的发展离不开周围环境，特别是人与人之间关系的制约和影响，所以，自我意识也反映了人与周围现实之间的关系。

自我意识是人类特有的反映形式，是人的心理区别于动物心理的一大特征。自我意识在个体发展中有十分重要的作用。

首先，自我意识是认识外界客观事物的条件。一个人如果还不知道自己，也无法把自己与周围相区别时，他就不可能认识外界客观事物。

其次，自我意识是人的自觉性、自控力的前提，对自我教育有推动作用。人只有意识到自己是谁，应该做什么的时候，才会自觉自律地去行动。一个人意识到自己的长处和不足，就有助于他发扬优点，克服缺点，取得自我教育积极的效果。

再次，自我意识是改造自身主观因素的途径，它使人能不断地自我监督、自我修养、自我完善。可见，自我意识影响着人的道德判断和个性的形成，尤其对个性倾向性的形成更为重要。

自我意识主要包括三种心理成分：

1.自我认识

自我认识是主观自我对客观自我的认识与评价，自我认识是自己对自己身心特征的认识，自我评价是在这个基础上对自己作出的某种判断。正确的自我评价，对个人的心理生活及其行为表现有较大影响。如果个体对自身的估计与社会上其它人对自己客观评价距离过于悬殊，就会使个体与周围

人们之间的关系失去平衡，产生矛盾，长期以来，将会形成稳定的心理特征自满或自卑，将不利于个人心理上的健康成长。自我认识在自我意识系统中具有基础地位，属于自我意识中“知”的范畴，其内容广泛，涉及到自身的方方面面。对我们进行自我认识训练，重点放在三个方面：

第一，让我们能认识到自己的身体特征和生理状况。

第二，认识到自己在集体和社会中的地位及作用。

第三，认识到内心的心理活动及其特征。

自我评价是自我意识发展的主要成分和主要标志，是在认识自己的行为和活动的基础上产生的，是通过社会比较而实现的。由于我们自我评价能力不高，往往不是过高就是过低，大多属于过高型。因此，要提高我们的自我评价能力，你就应学会与同伴进行比较，通过比较做出评价。你还应学会借助别人的评价来评价自己，学会用一分为二的观点评价自己。由于自我评价是自我认识中的核心成分，它直接制约着自我体验和自我调控，所以，对我们进行自我意识训练，核心应放在自我评价能力的提高上。

2.自我体验

自我体验是主体对自身的认识而引发的内心情感体验，

是主观的我对客观的我所持有的一种态度，如自信、自卑、自尊、自满、内疚、羞耻等都是自我体验。自我体验往往与自我认知、自我评价有关，也和自己对社会的规范、价值标准的认识有关，良好的自我体验有助于自我监控的发展。对我们进行自我体验训练，就是让你有自尊感、自信感和自豪感，不自卑，不自傲，不自满，随着年龄增长让我们懂得做错事感到内疚，做坏事感到羞耻。

3.自我监控

自我监控是自己对自身行为与思想言语的控制，具体表现为两个方面：一是发动作用，二是制止作用，也就是支配某一行为，抑制与该行为无关或有碍于该行为进行的行为。进行自我认知、自我体验的训练目的是进行自我监控，调节自己的行为，使行为符合群体规范，符合社会道德要求，通过自我监控调节自己的认知活动，提高学习效率。

为提高我们自我监控能力，重点应放在促使一个转变上，即由外控制向内控制转变。我们自我约束能力较低，常常在外界压力和要求下被动地从事实践活动，比如只有教师要求做完作业后检查，你才会进行检查。针对这种现象，你应学会如何借助于外部压力，发展自我监控能力。

第四章
自我意识

自我意识的结构是从自我意识的三层次，即从知、情、意三方面分析的，是由自我认知、自我体验和自我调节（或自我控制）三个子系统构成。因此，自我意识也叫自我调节系统。

自我认识是自我意识的认知成分。它是自我意识的首要成分，也是自我调节控制的心理基础，它又包括自我感觉、自我概念、自我观察、自我分析和自我评价。自我分析是在自我观察的基础上对自身状况的反思。自我评价是对自己能力、品德、行为等方面社会价值的评估，它最能代表一个人自我认识的水平。

自我体验是自我意识在情感方面的表现。自尊心、自信心是自我体验的具体内容。自尊心是指个体在社会比较过程中所获得的有关自我价值的积极的评价与体验。自信心是对自己的能力是否适合所承担的任务而产生的自我体验。自信心与自尊心都是和自我评价紧密联系在一起的。

自我调节是自我意识的意志成分。自我调节主要表现为个人对自己的行为、活动和态度的调控。它包括自我检查、自我监督、自我控制等。自我检查是主体在头脑中将自己的活动结果与活动目的加以比较、对照的过程。自我监督是一

个人以其良心或内在的行为准则对自己的言行实行监督的过程。自我控制是主体对自身心理与行为的主动的掌握。

自我调节是自我意识中直接作用于个体行为的环节，它是一个人自我教育、自我发展的重要机制，自我调节的实现是自我意识的能动性质的表现。自我意识的调节作用表现为：启动或制止行为；心理活动的转移；心理过程的加速或减速；积极性的加强或减弱；动机的协调；根据所拟订的计划监督检查行动；动作的协调一致等。那么，我们应该如何进行自我调节呢？具体可以参考以下几种方法：

1.客观的自我评价

一个人必须建立在正确的自我认知基础上，正确的自我悦纳、积极的自我体验、有效的自我控制。

自我悦纳是自我意识健康发展的关键所在。悦纳自我首先要接纳自己，喜欢自己，欣赏自己，体会自我的独特性，在此基础上体验价值感、幸福感、愉快感与满足感；其次是理智与客观地对待自己的长处与不足，冷静地看待得与失。在生活中注重自我，自我意识是将注意力集中在自我的一种状态。积极的策略是：关注你自己的成功，并将优势积累，每个人身上都有着无数的闪光点，重点在于寻找你自己的闪

光点并将其构成亮丽的人生风景线。

2.正确的自我认知

“人贵有自知之明”，全面而正确的自我认知是培养健全的自我意识的基础。自我认知是从多方位建立的，既有自己的认识与评价，也有他人的评价。我们不妨自己认真仔细地想一想，用尽量多的形容词描述自己，要忠实于自己的内心。在此基础上，进行第二步，采用不同的方式来对自我进行描述，即描述父母眼中的我、同学眼中的我、老师眼中的我、恋人眼中的我、兄弟姐妹眼中的我，你再寻找这些描述中共同的品质，将其归类。你描述的维度越多，你越会找到比较正确的自我。

3.关注自我成长

自我的发展需要不断的自我反思、自我监控。但将成长作为一条线索贯穿于人的始终时，整理自己成长的轨迹显得尤为重要。依照过去、现在、未来进行清理，深刻了解与把握自己。要记住：自我体验永远是个体的，当我们在分享他人自我成长的硕果时，也在促进我们自己的成长。

4.积极的自我提升

提高自我效能感是个体在一定情境下对自我完成某项工

作的期望与预期。当人们期望自己成功时，他必然会尽自己最大的努力并且当面临挑战性任务时，会表现出更强的坚持力，从而增加了成功的可能性，自我效能感高的人一般学业期望较高，也就是说，自我效能感与成就动机呈正相关性。

另一条途径是克服自我障碍，我们经常会有这样的感觉：体验对自己能力程度的焦虑带来的不安全感，这便是一种自我障碍。我们听说了太多的这样的故事：由于考试前身体不好，所以在大考中没有取得好成绩。这便是典型的自我障碍，为自己的考学不成功找到了适当的借口。一个渴望自我发展的人必须主动克服自我障碍，进行积极的自我提升与自我尝试。积极的自我在尝试中会发现自己的新的支点。

自我意识的作用原理

美国心理学家弗拉威尔曾指出，元认知通常被广泛地定义为，任何以认知过程和结果为对象的知识，或是任何调节认知过程的认知活动。它之所以被称为元认知，是因为其核心意义是对认知的认知。

具体到学习活动中，就是指对学习认知活动的认知。它要求学习者对自身的心理状态、能力，所要达到的目标以及达到目标所要采取的策略和方法，要有明确的意识，同时，在学习中，应该时时进行自我监督、自我检查、评价，从而肯定、发展正确的行为，发现和改正错误或不良行为，使自

己的认知活动得到调整和改善。

关于元认知的结构包括三方面的内容：

一是元认知知识，即个体关于自己或他人的认识活动、过程、结果以及与之有关的知识。

二是元认知体验，即伴随着认知活动而产生的认知体验或情感体验。

三是元认知监控，即个体在认知活动进行的过程中，对自己的认知活动积极进行监控，并相应地对其进行调节，以达到预定的目标。

元认知知识、元认知体验和元认知监控三者是相互联系、相互影响和相互制约的。元认知知识有助于人们在实际的认知活动中对活动进行有效的监控，指导人们自觉地、有效地选择、评价、修正和放弃认知的任务、目标和策略。同样，它也能引起有关自身、任务、目的的各种各样的元认知体验，帮助人们理解这些元认知体验的意义和它们在行为方面的含义；元认知体验对元认知知识和元认知监控具有非常重要的作用。通过各种元认知体验，人们可以补充、删除或修改原有的元认知知识，即通过同化和顺应机制来发展元认知知识。

而元认知体验，则有助于人们确定新的目标，修改或放弃旧的目标，有助于激活认知策略和元认知策略。

元认知监控，一方面是通过元认知知识、元认知体验、认知目标与行动（策略）之间的相互作用而进行的，另一方面人们的元认知知识又大多来源于人们对认知活动进行监控、调节的实际过程。善于对认知活动进行自觉或不自觉监控的人，自然会有更多的元认知体验和经验，从而具有更多的元认知知识。这就是说，认知活动中元认知监控水平制约着人们的元认知知识的获得与水平。对于元认知体验，它总是与认知活动相伴随，离不开人们对认知活动的监控过程。

总之，元认知的这三个方面是相互依赖、相互制约的，三者的有机结合便构成了一个统一整体——元认知。因此，简单来说，元认知过程，实际上就是指导、调节我们的认知过程，选择有效认知策略的控制执行过程。其实质是个体对自己认知活动的自我意识和自我控制。

在我国心理学界，学者们从辩证唯物主义的观点出发，十分强调和重视人的主观能动性和意识的能动作用。早在1962年，朱智贤教授在其《儿童心理学》一书中，对儿童自我意识、自我评价的发生、发展及其作用做了深刻的分析。

其他许多心理学理论工作者也发表了大量的文章、论著，对意识、意识活动、意识与心理，特别是自我意识的实质、作用等问题阐述了自己的看法。

在西方，早在古希腊时期，在亚里士多德关于读书方法的专门论述中，就蕴含着丰富的在学习中进行自我监控与调节的思想。在20世纪初，瑞士认知发展心理学家皮亚杰（Piaget）、美国教育家杜威、心理学家桑代克等学者，都从不同角度研究并论述了认知活动中的自我监控与调节问题。他们在一定程度上都说明了自我意识过程，积极监控行为以及批判性评价能力在认知活动、学习活动中的重要性。自我意识让人类知道自己需要什么，可以动态地选择适合自己的环境（植物不能走动），可以储备食物（动物只能简单地吃了上顿，下顿不能把握）。

在苏联心理学界，著名心理学家维列鲁学派创始人维果斯基，曾对认知思想有过精辟的论述。在《思维与言语》一书中，他指出：意识活动可以指向不同方向，它可能只集中在思维或动作的某些方面。我刚才打了个结，我是有意识做的，但我不能说我是如何做的，因为我的意识集中在结上，而不是在我自己的行动上，即我是如何进行我的行动的。当后者成为

我意识的目标时，我可以充分地意识到它。我们使用意识去表示对大脑自身活动的意识，即对意识的意识。不言而喻，对意识的意识和对动作的意识都是元认知的典型表现。

总之，自我意识让人类在地球上更好地存在下去。

意识是人脑对客观现实的反映。它可以分为自我意识和对周围事物的意识。马克思曾经指出："意识在任何时候都只能是被意识到了的存在。"这个被意识到了的存在，包括自身的存在、客观世界的存在，以及自身同客观世界的复杂关系。人不仅能意识到周围事物的存在，而且也能意识到自己的存在。能意识到自己在感知、思考和体验，也能意识到自己有什么目的、计划和行动，以及为什么要这样做而不那样做，这样做的后果将是怎样，应如何调节自己的行动等等，这就是人的自我意识。

自我意识是人的意识的最高形式，自我意识的成熟是人的意识的本质特征。它以主体及其活动为意识的对象，因而对人的认识活动起着监控作用。通过自我意识系统的监控，可以实现人脑对信息的输入、加工、贮存、输出的自动控制系统的控制，这样，人就能通过控制自己的意识而相应地调节自己的思维和行为。

在学习活动中，这种自我意识、自我监督、自我检查、自我调节和修正的元认知，实质上是一种反馈活动，它对个体的学习提高有着重要的意义。

皮亚杰曾经说过："自我调节是主体以一种既是逆向动作（回路系统或反馈）又是预见性的适应，来构成一个永久性的补充系统。"他在这里特别说明了逆向动作即反馈，它可预见哪些是不适应的行为，哪些是适应的行为。在系统的活动中，它是自我调节的依据，通过它可以使系统不断地向前运动、发展。

控制论的创始人维纳也曾说过："反馈就是根据过去操作的情况去调整未来的行为。"无论在生物还是机器的系统运动中，通过反馈可以使行为得到调整和控制，使预定的目的得以实现。如果没有反馈，系统就无法进行有目的的运动。人的学习实际上是个接受、传递知识信息的自控系统运动，在学习活动中进行自我监控、自我调节是关系到学习效果的重要环节。

自我监控是以一种监控主体及监控对象为同一客观事物的监控。具体来说，自我监控就是某一客观事物为了达到预定的目标，将自身正在进行的实践活动过程作为对象，不

断地对其进行的积极、自觉的计划，监察、检查、评价、反馈、控制和调节的过程。

由于人类具有能进行自我监视反馈和调节控制的意识，才使自己得以成为人类——区别于一切非生物和其他一切生物的特殊生物。这就是说，严格意义上的自我监控首先应该是一种智能监控。当然，并不是所有的智能监控都是自我监控。智能监控中的自我监控就是人类的自我监控，在实质上属于人对自身活动的自我意识和自我控制。

人类自我监控贯穿于人类所从事的形形色色的实践活动之中，可以说无处不在。对每个人来说，从生活作息到学习工作，要保证每项活动的正常进行和顺利发展，一般都离不开自我监控。由此可见，人类生活与社会实践中任何自我监控行为或活动的出现，其本身就体现了个体的主体能动性。

认知活动的自我监控与调节，就是表现在主体根据活动的要求，选择适宜的解决问题的策略、监控认知活动进行的过程，不断取得和分析反馈信息，及时相应地调节自己的认知过程，坚持或更换解决问题的方法和手段。在这里，主体主动地进行自我反馈是非常重要的，它使主体能及时发现认知活动的效率与成功的可能性。

我国古代思想家老子说："知人者智，自知者明。"这句话精辟地说明了认知活动中自我意识、自我监控所具有的重要意义和地位。

自我监控是个体自我发展和自我实现的基本前提和根本保证。

一方面，由于具有了自我监控能力，个体才得以对自我进行审视与反省，进而才得以树立自己的奋斗目标、制订自己的行动计划，从而为随后的自我发展和自我实现奠定基础。如果缺乏自我意识和自我监控能力，个体没有也无法去对自我进行审视与反省，当然也就不会有自我发展和自我实现了。因此，自我监控是个体自我发展和自我实现的基本前提。

另一方面，在个体自我发展和自我实现的过程中，无论是目标的树立、方向的确立、计划的制订还是具体行为、行动的采取、实施、调整、控制，其中每一步骤的顺利完成都是以个体一定的自我监控与调节为手段的，实际上也都是个体自我监控能力的具体表现。因此，在这个意义上，可以说自我监控是个体自我发展和自我实现的根本保证。

综上所述，自我监控与调节对于个体成功地适应社会相当重要，它是完成各种任务，协调与他人关系的必要条件。

运用有效方法并通过自我努力，实现悦纳自己、悦纳他人、悦纳现实，达到消除烦恼、欢悦充满自我生活空间，对新、真、善、美具有强烈敏感并孜孜追求。

对自己在时空中的存在给予认可、首肯、欣赏、褒奖、悦纳，皆可由此实现；对他人在时空中的存在给予认可、首肯、欣赏、褒奖、悦纳，也会由此实现；对眼前的时空及其内涵给予认可、首肯、欣赏、褒奖、悦纳，现实由此实现。烦恼源出于对自己、对他人和对现实的不认可、不首肯、不欣赏。倘若能悦纳自己、悦纳他人、悦纳现实，则欢悦盈溢自我生活的空间，烦恼也就自然烟消云散。

自我监控与自我调节在教育中的作用，表现为它能最大限度地调整个体的内动力与外动力进行定向作用。倘若学校心理教育倡导的以学生为中心是正确的，那么，自我监控与自我调节将成为一切教育的基础。

缺乏自我监控，行为冲动的个体是难以立足于社会的。尤其在当今科学技术高度发展的信息时代，自我监控与调节显得更为突出和重要。

在教育领域里，有意识地引入自我监控和自我调节是十分必要和有效的。知识量几何级数的增长，知识日新月异的

更新，信息生产周期、陈旧周期的迅速缩短，信息传播与交换速度的明显加快，社会的飞速进步，对新一代人才的培养和教育提出了更新、更高的要求。其中能不能适应时代的发展，形成独立学习新知识、获取新信息、把握新进展、更新知识结构的能力，培养灵活应变和创造能力，增强自我意识、自我监控与调节和约束能力，已成为新型人才的必备素质。

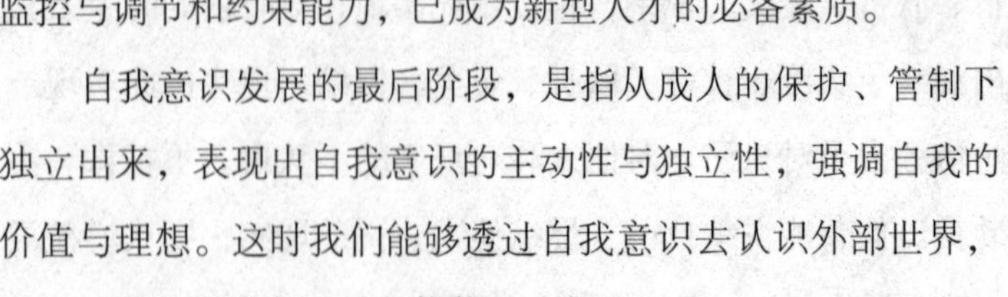

自我意识发展的最后阶段，是指从成人的保护、管制下独立出来，表现出自我意识的主动性与独立性，强调自我的价值与理想。这时我们能够透过自我意识去认识外部世界，而且这样的自我意识过程将伴随我们的一生。

人的一生是一个不可逆的过程，我们要想提高自己的社会价值，使人生更有意义，就必须善于认识自己、设计自己、安排自己、控制自己，使个人的发展与社会的进步相协调、相和谐。尽可能去发展每个人的自我监控能力。这样，不仅有利于每一个人，而且有利于整个社会、整个人类。

虽然人们从事的认知活动千差万别，但是元认知的自我意识和自我调节却是各项活动所具有的共同特征，也是决定各项活动效率的主要因素。由于人们对各种活动进行监控、调节的实质是相同的，因此，在任一认知活动中的元认知的

自我意识和自我监控与调节水平的培养训练效果都具有广泛的迁移性。因此，近年来，齐默尔曼等人提出的自我调节学习理论，整合了元认知、动机和行为三个方面，比元认知理论更进了一步。

可见，元认知的自我意识和自我调节，在人们的学习、心理、动机和行为等活动中，具有十分重要的意义。随着科学的发展和人类认知的不断深入，人类必将更加精确和深刻地揭示高级认知过程的本质，以提高自我意识和自我调节能力。

伟大的力量之源——潜意识

在我们每个人的内心深处，都有一片亟待开发的沃土，那是我们心灵的金矿！只要你睁开心灵的眼睛，去发掘它，便可以得到任何快乐和财富。然而很多人，却对这块金矿视而不见。这便是我们的潜意识——无穷的力量之源。

“潜意识”的概念是心理学家西格蒙德·弗洛伊德在其《精神分析学》理论中首先提出来的，是指潜藏在我们一般意识底下的一股神秘力量，是相对于“意识”的一种思想。潜意识的力量深藏在我们的深层意识当中，是人类从一出生就具备却未被开发与使用的能力。只要我们懂得挖掘并运用

潜意识的力量，那么，我们几乎能够实现自己所有的愿望。

美国知名学者奥图博士曾经说过：“人脑好像一个沉睡的巨人，我们均只用了不到1%的脑力。一个正常的大脑记忆容量有大约6亿本书的知识总量，相当于一部大型电脑储存量的120万倍。如果人类发挥出其一小半潜能，就可以轻易学会40种语言，记忆整套百科全书，获12个博士学位。”

我们创造世界的所有力量，都存在于我们的潜意识当中，而我们现在要做的，就是发现它，利用它，运用我们的潜意识，开启我们全新的生活。

了解潜意识的特点，有助于我们更好地运用潜意识，实现我们内心的愿望。

第一，潜意识的能量巨大无比，一旦发挥，是我们个人所无法预料的。博恩·崔西曾经说过：“潜意识是显意识力量的3万倍以上。”NBA公牛队前主教练菲尔·杰克逊（Phil Jackson）也说过：“人的潜意识可以激发出无比强大的能量和威力。迈克尔·乔丹就是凭借着无比坚定的信心和心灵的暗示，长高了20厘米，成为NBA篮球巨人。”

第二，潜意识是我们记忆储蓄的银行，储存了从我们出生以来的所有认知，所有思想。一些生活理念，生活习惯，

我们所见过的人物、场景，以及他人的行为特点和生活、思维习惯等等，也常常不经过意识而直接进入我们的潜意识，并将其储存起来。可以说，潜意识无时无刻不在关注着我们的生活，它引导着我们的思想，我们的价值观，我们对生活的态度。

第三，潜意识更容易受梦想刺激。所以当你内心有个愿望希望实现的时候，你如果每天以图像的形式在你脑中想象，那么你的愿望便能够更快地实现。比如，你希望有一所自己的房子，那么房子是什么样子的，多大的，要具体形象一些，你可以画一张梦想中的房子的图画，或是找一张符合你愿望的图片打印出来，挂在你的办公桌前，每天看着它。再比如，你希望自己更加漂亮优雅一些，你也可以找一些你心目中这样的女性的图片，每天欣赏一下，作为你视觉化的工具。

第四，反复刺激记得牢。当某一个理念对潜意识进行不断反复的刺激，将会被潜意识所接受。有研究者指出，一个理念被反复重复30次以后，就会被潜意识所接受。因此，当我们希望一件事情达成的时候，我们就要对内心的想法进行不断反复的重复。

第五，潜意识喜欢带感情色彩的信息。如果你希望自己变得非常富有，那么，你仅仅去想自己会富有是远远不够的，你要想象自己已经富有了，就是一种“完成”的状态，想象自己富有了是什么样子的，拥有什么样的感觉，等等。

第六，潜意识像个不谙世事的孩子，他不识真假，不懂分辨，只能接受正面直接的描述，不能理解否定的字样。比如，当你说以下字眼的时候，潜意识接收到的信息却是这样的：

你：“这是我新买的衣服，我可不想让它被溅到泥点。”

潜意识：“这是我新买的衣服，我想让它被溅到泥点，而且要溅得更多。”

你：“我不想失败。”

潜意识：“我要失败。”

你：“我不想在台上紧张。”

潜意识：“我想在台上紧张。”

你：“我不想生病。”

潜意识：“我想要生病。”

你：“我不想跟你吵架。”

潜意识：“我就是想跟你吵架。”

因此，生活中，我们要多用正面的词汇，而少用负面的

词汇表达我们的思想。

第七，潜意识直来直去，不知道拐弯，你如何对它下命令，它便会全盘接受你的命令，例如，你遇到一件困难的事情，如果你对自己说："这件事情太困难了，我没办法解决！"那么，你的潜意识便会听从你的命令，使得事情真的无法解决。换一种方式，让自己平静下来，闭上眼睛，肯定地跟自己说："这件事非常容易解决，我潜意识的智慧无所不知，力量无穷，它会帮我找到解决的办法的！它一定能让我释放自己的力量，轻松解决这件事情！"

了解了潜意识的这个特性，在生活中，我们就要多用积极肯定的字眼和我们的潜意识进行沟通交流，多用积极的语言肯定自己，鼓励自己："我真棒！""我太厉害了！""我有能力做好这些事情！""我很美丽！"这样，你的潜意识就会相信并且实现它，将我们引向我们希望的方向，让我们变得更好，事情变得更加顺利。俗话说："谎言重复100遍以后，就成为真话。"说的就是这个道理。

生活是我们自己创造的结果。我们为人处世的原则，我们对未来的设想，我们对生活的态度，我们的审美等等都是来自于我们的潜意识。潜意识就像早已写好的计算机程序一

般，在我们的身体中畅通无碍地运行。生活中，我们如果凡事向好的方向考虑，向潜意识传递积极的信息，那么我们的生活就会向好的方向发展，而如果我们往坏的方面想，就是给潜意识传递了消极的信息，事情也就会真的如我们所愿变成坏事。在生活中，我们应该多给自己积极正面的暗示，这样才能形成我们积极健康的生活方式和思维方式。

第八，人在放松的时候，最容易进入潜意识。人在晚上入睡前和在早上刚醒来时，都是相对比较放松的。我们应该抓住这两个黄金时间。向自己传输积极肯定的潜意识信息，这将帮助我们更好地达成我们内心的愿望。

第九，催眠是开发潜意识的有效方式。催眠治疗师吴向东说过："一个人只有与潜意识建立良好的统一和沟通关系，他的身心才能平衡，获得有益发展。而催眠，就是找到那个'潜意识自我'的最好途径。"

曾经见过这样的一幕：在一次潜意识培训课上，催眠师将一位瘦弱的女孩催眠，然后不断暗示她，"你的身体变得越来越硬，越来越硬，硬得就像一块石头。"然后，他让周围学员抬起女孩的肩膀和双腿，让一位强壮的男士坐在她的身体上，女孩竟然真的一点反应都没有，仍然像一块石头一

样硬邦邦地悬立于空中。

心理学家和精神病专家都指出，当思想传递给潜意识时，在大脑的细胞中会留下痕迹，它会立刻去执行这些想法。为达到目的，它会利用以往的所有经验和任何星星点点的知识；它会萌生无穷的力量和智慧；它会将所有的自然规律都加以总结和利用。有时会立刻解决问题，有时则需要几天、几周或更长的时间，但所有问题最终都会解决。

伟大的心理学专家墨菲讲过这样一件事情，他的一个朋友，有一个强烈的愿望，那就是去趟美国。因为朋友认为，自己极其感兴趣的一个问题，只有在美国才能得到解答。可是在当时，去国外并不是一件很容易的事。不过幸运的是，这位朋友懂得运用潜意识的伟大力量。他不断告诉自己，我肯定能去美国。有时候，他甚至会想象自己已经到达美国。后来，他因为一个偶然的机会到了欧洲的一个小国。在那里，他结识了一位美国教授，在教授的帮助下，他终于成功地来到了美国。

美国著名作家查尔斯·哈尼尔曾经说过：“我们无法随意地控制我们的生理机能，不能随便地停止自己的心脏跳动，也

不能阻止自己的血液循环。但是在潜意识的指引下，我们可以随心所欲地用感官去感受这个世界，改变这个世界。”

美国作家马克·吐温说：“我这一生不曾工作过，我的幽默和伟大的著作都来自于求助潜意识心智无穷尽的宝藏。”

我们每个人都有一座潜能的金矿等待我们去挖掘。生活中，我们之所以没能成为爱因斯坦，没能成为贝多芬，没能成为伟大事业的创造者，并非因为我们真的就比他们差，而是我们的潜能没有得到最大限度的发挥，否则我们也可以成就一番惊天动地的伟大事业。请记住，开发出你内在的潜能，每个人都可以是天才！

潜意识是我们无穷的力量之源，是我们成功的必备武器！如果你想创造崭新的人生，如果你想取得事业的辉煌，如果你想拥有梦想中的美好生活，去发现并运用你的潜意识吧，人们所有的梦想，都能通过潜意识来一一实现！

潜意识的神奇力量

潜意识的力量是非常神奇的，它引导着我们的所有思想，向我们提供一切我们所需要的信息——我们记忆银行中的人物、场景等，他控制着我们的心跳，我们的血液循环……潜意识就是一个无所不能的神，操控着我们每个人的一切，没有什么是他所不知道，不能解决的。然而，潜意识不是神，他是我们每个人都具有的神奇力量。

"美国心理学之父"威廉·詹姆斯曾经说过："19世纪最伟大的发现不是在物理学领域，而是在精神领域，那是人类的潜意识在信仰的触动下所产生的力量。在每一个人身

上，都储存着无尽的潜意识力量，它可以战胜一切问题。”

潜意识从不休息，永不疲倦，他一直在为我们每个人尽心尽力地“工作”，只要你向他要求，它便会遵从你的旨意，为你实现你的愿望。从某种程度上来说，我们的人生，便是自己想象出来的，是自己创造的结果。

我们心中的所有想法，都会表现在外在世界中，我们怎么想，这些想法就会传递给我们的潜意识，变成我们身体的一部分，然后潜意识就会去执行他。因此，我们要发挥潜意识的神奇效力，就应该以积极的人生态度来对待生活，对待我们自己。这样，我们的人生才是一个富足、快乐的人生。

我们有什么样的想法，就会有什么样的潜意识，而有什么样的潜意识，就会有怎样的人生！回想一下，以前的你为什么不快乐？为什么不富有？你是不是经常抱怨生活？面对生活，你充满愤慨？你害怕自己不能成功？你害怕被他人抛弃？你担心自己无法幸福？你感觉美好的生活根本不属于你……你的外貌、你的身体、你的经济、你的地位，所有所有的一切，都反映了你心中的想法，正是你将消极的想法输入给潜意识，潜意识认定这样的你就是真的你，他完全按照你所想的去执行，从而造成了你当前的状况！

因此，想要改变自己的状态，变得快乐幸福富有，自己首先就要以积极的态度定位自己，抛却所有消极的想法，只要你坚持下去，你的生活一定会有所改变！正像威廉·詹姆斯所说，改造世界的力量在你的潜意识中，它蕴藏着无穷的智慧和力量。它由内在的泉水浇灌，这种内在的动力叫作生命的法则。一旦你在潜意识中输入了决定，它将移山倒海般地去达到目的。因此，你必然输入正确的、有建设性的想法。

潜意识能够帮助我们战胜疾病。所有的疾病都源于我们的内心，是因为我们的大脑中先出现了某种病痛的概念。如果我们总是相信自己是非常健康的，向我们的潜意识传输生命健康、完整的信息，那么我们的体质也会变得越来越好。伟大的信念是治愈疾病的有效方法，伟大的潜意识是治愈疾病的神奇力量。

伟大的心理学专家墨菲讲过这样一件事情，他有一位住在澳州的亲戚，患上了老年性肺结核，病情不容乐观。为了见儿子最后一面，老人把儿子叫回了家。可喜的是，他的儿子熟知潜意识和信仰的关系，于是对父亲说："父亲！在一个极为偶然的情况下，我遇到了一位能创造奇迹的修士。他之所以能创造奇迹，是因为他有一片真正的十字架碎片。

在我的恳求下，他把碎片给了我，而我给了他数额不菲的美金。人们都说，只要摸一摸这个十字架的碎片，就像触摸到了耶稣的身体一般，就会有奇迹发生。”

说完，他的儿子把十字架碎片放在父亲的手里。老人是耶稣的坚定信仰者，对儿子的话深信不疑。临睡前，他紧握碎片，虔诚地做了一番祷告。这天晚上，他睡了一个好觉，第二天醒来，他觉得身体舒服了很多。几天后，当医生为他检查身体时，发现他的肺结核已经转为阴性了。但是，碎片并不是真正的十字架碎片，不过是儿子从路边捡来的一个小木片而已。但是，老人相信它是，并且认为自己已经触摸了它，那自己的身体就在好转。对此，他深信不疑。于是，情况也正向他所预想的方向发展了。

潜意识就是具有这样神奇的力量，他充满着无限的智慧，向他祷告吧，大声喊出你的愿望，“我要健康！”“我要快乐！”“我要富有！”坚定不移地相信他，相信他能实现你的所有愿望，实现你的美丽梦想！

成功并不是天生的，但凡成功者，都是懂得开发自己潜能的人！爱迪生曾经说过：“如果我们做出所有我们能做

的事情，我们毫无疑问地会使我们自己大吃一惊。”问问自己，在你的人生岁月里，你有让自己吃惊过吗？如果还没有，从现在开始，相信潜意识的神奇力量吧，只要你相信他，虔诚地祷告，对他确信无疑，你，定会做出伟大的成绩，让自己的人生从此与众不同！

第四章
自我意识

掌握潜意识的力量

谁的人生也不可能一帆风顺。每个人都难免会陷入困境当中，而我们面临的困境主要是源于混乱的观念以及不知道自己真正的追求所在。要改变这种境况，就必须在自己的思想中发现内在的规律，然后调整自身去适应自然规律。因此，掌握潜意识就显得难能可贵。这种能力不是凭空而来的，而是建立在平日点滴努力的基础上的。

艾弗莱德·A.蒙塔佩尔说："一个人永远活在他自己的思想、信仰、理想与哲学创造出来的环境中。"

衡量一个人财富的单位不是尺寸大小，不是学位高低，

更不是家庭背景，而是思维的广度。思维的广度决定着财富的多寡，而思维的广度又取决于思维方式。思维方式是自己可以支配的。

“我们不能左右风的方向，但我们能够调整风帆。如果你的思维方式是积极的，那么你的生活态度也是积极的。”

这个说法是很有道理的。

正如罗伯特所说，“地位与环境不能确保幸福，你必须先在自己心中决定你是否想得到它。这个决定做出之后，得到幸福就容易得多了”。

一个人能否成为富人，就看他的态度了。我们没法改变所处的环境，但我们能够适应环境，正如维克托·弗兰克所说：“在任何特定的环境中，人们还有一种最后的自由，就是选择自己的态度。”

消极思维不利于成功，这是因为长期的消极思维会产生以下后果：

1.消极思维使人丧失机会

一个人长期消极思考，就会形成种难以克服的习惯。就算遇上好机会，也会因为消极的阴影蒙住了眼睛，不能抓住机会。他会把大好的机会都看作一个接着一个的障碍。

障碍与机会之间有什么差别呢？主要在于人们对待事物的态度。积极者认为障碍也是机遇，美国历史上最伟大的总统林肯说："成功是屡遭挫折而热情不减。"

2.消极思维有传染性

俗话说，"毛色相同的鸟聚成一群"，物以类聚，人以群分。

和消极思维者相处得久了，你就会受他的影响。接触消极思维者就像接触到原子辐射。如果辐射剂量小，时间短，你还能活，但持续辐射就要命了。人们大概注意到结婚多年的夫妇行为方式逐渐变得一样，个性也相似。而思维方式的同化是最明显不过的。因此，立志成为富人的人，切不可跟消极的人混在一起，跟心胸无大志的穷光蛋混在一起。

3.消极思维使人悲观

看到屋顶漏雨，消极的人就认为房子要垮了，他们把人生看成一片灰暗，大难临头。遇到这种情况，我们最好多读几遍"麦可斯韦尔定律"：任何事情都看似很难，实质不难；任何事情都比你预期的更令人满意；任何事情都能办好，而且是在最佳的时刻办好。

这就是积极思维所带来的好处。积极思维的人藐视困

难，消极思维的人害怕困难，这就是两者的根本区别。

这不禁使我们想起了“墨菲定律”。

墨菲是美国空军上尉工程师。1949年，他认为自己的一位同事是倒霉蛋，于是就不经意地说：“如果一件事情有可能被弄糟……”

就是这样一句笑话，很快就在美国流传，并扩散到了全世界。在这个过程中，这句话慢慢失去原有意思，逐渐演变成很多样式，其中一个最为流行的样式是：“如果坏事有可能发生，不管这种可能性多么小，它总会发生，并引起最大可能的损失。”

这就是世界闻名的“墨菲定律”。

情况如果可能变坏，不管这种可能性多小，最终总会发生。换句话说，“墨菲定律”的意思是：任何事情都看似容易，实质很难；做任何事情所费时间都比预期的多；任何事情都会出差错，而且是在最坏的时刻出差错。

这是一种很明显的消极思维，而这种思维方式常常严重地影响人们的行为，不利于发现有利时机，不利于做出正确判断。

消极思维使希望泯灭，甚至看不到希望，就不能激发出动力。消极思维摧毁人们的信心，慢慢地，但不停地使消极思维者意志消沉，失去所有动力。

运用积极心态，我们会把心中一些想法变成现实，实现成为富人的梦想。相反，消极心态是失败、疾病与痛苦的源泉，限制了人的潜能的发挥。

据说所罗门国王是世界上最明智的统治者，他说："他的心怎样思量，他的为人就是怎样。"换言之，人们相信会有什么结果，就可能有什么结果。人不可能取得他自己并不相信会取得的成就。因为不相信，他就不会再努力争取。对自己不抱期望时，他就给自己财富的大厦封了顶，成了自己潜能的最大敌人。

在消极思维者的眼中，半杯水的玻璃杯永远只能是半空的，而不是半满的，因而不能快乐地享受这半满的水。

一个年轻的登山者跟一个经验丰富的向导在白雪覆盖的高山上攀登。

一天清晨，这位年轻的登山者被一阵巨大的爆裂声惊醒。他以为是雪崩，自己的末日到了。

这时，老练的向导告诉他："你听到的不过是冰块在阳

光下碎裂的声音。这不是末日，而是新的一天的开始。”

这个故事也告诉我们，消极思维者遇事总是悲观地看问题，原本可以是美丽的开始，也会被看成是不祥的预兆，以此不能享受人生。

相反，有了积极思维，你就能无往而不胜。积极思维有以下几点好处：

1.增加自信心

积极思维者相信自己也相信别人，因而更愿意尝试新事物，冒更多风险。于是，他们会从尝试和检验中明白自己能做什么，不能做什么，使自己更有安全感，甚至连挫折也不能动摇他们的自信。因为他们深信，失败不是终结，好事还在后头，一切都会变好的。

2.培养进取心

积极思维还能激发进取精神，相信人生是积极的人，会迫不及待地尝试新经验，促进新事物的诞生。而持消极态度的人，从不主动尝试，只会等待，期望坏事不要落在自己的头上。

3.训练持久力

相信好事会降临到自己身上的人，会不断努力，直到

好事出现。就算暂时遇到挫折，也会坚持下去，因为他们坚信，只要不放弃，好事就在前面。

4.增加创造力

爱因斯坦说："从我自己的经验得知，最杰出的创造肯定不是在一个人不愉快时做出的。"这是最有创造性的思想家之一的真知灼见。一心想着积极的事物会使人更乐意去探索，去提出问题，寻找新的答案，因而具有极强的创造性。对于积极思维者来说，世界充满无限的可能性。

5.锻炼领袖力

积极思维者能使人快乐，使人看到希望，拿破仑·波拿巴说："领袖是推销希望的人。"领袖给他们身边的人注入成功的希望和自信心，他们给人以达到目标的力量。可见，积极思维是领袖的一大素质。

6.提高执行力

积极思维者总是主动行动，而不是消极等待；总是毅然决然地迈向成功之路，而不是日复一日地为从消极境遇中解脱出来而挣扎。如果你是一个积极思维者，你就能取得成功，最起码能够做出成绩。

很多人认为，有些人生来是乐观的，有些人生来是悲

观的，而且一辈子都不会改变。诚然，我们有乐观或悲观倾向，但我们能扭转这一倾向。积极的思维方式是人人可以学到的，无论他原来的处境、气质与智力怎样。

遵循以下原则，可以帮助你培养和加强积极思维的能力：

1.言行举止像你希望成为的人

希望成为什么样的人，你就会成为什么样的人。要做一个积极思维者，你的言行就得跟上，通过言行来加强这种意识。

许多人要等到自己有一种积极的感受才开始行事，这是本末倒置。积极行动会导致积极思维，而积极思维会导致积极的人生态度，而态度又紧跟行动。如果一个人从一种消极的心境开始，等待着感觉把自己带向行动，那他永远成不了积极思维者。

2.要心怀积极的想法

美国“钢铁大王”安德鲁·卡内基说过：“一个对自己的内心有完全的支配能力的人，他对自己有权获得的任何其他东西也会有支配能力。”当我们开始用积极的方式思考并把自己看成成功者时，我们就开始成功了。

3.用积极的思维、行动去影响别人

随着你的行动与思维日渐积极，你就会慢慢获得一种美

满人生的感觉，信心日增，人生中的成就感也越来越强烈。这样，你就会获得他人的信任，会吸引他人，因为人们总是喜欢追随积极乐观者。运用别人的这种积极响应来发展积极的人际关系，同时帮助别人获得这种积极态度。

4.看重与你交往的每一个人

现代人生活在一个快节奏的世界里，大多来去匆匆，一心想着要完成的任务，很少腾出时间与所接触到的人谈谈心。这并不是他们不需要关怀，不需要心与心的交流。每个人都有一种欲望，即感觉到自己的重要性，以及别人对自己的需要与感激。这是我们普通人的自我意识的核心。如果你能满足别人心中的这一欲望，他们就会对自己也对你抱积极的态度。一种你好我好大家好的局面就形成了，就像美国19世纪哲学家、诗人拉尔夫·沃尔都·爱默生说的：“人生最美丽的补偿之一，就是人们真诚地帮助别人之后，同时也帮助了自己。”

使别人感到自己重要的另一个好处是，他们反过来会使你自己感到重要。

5.发现每个人身上最好的东西

最差劲的人身上也有优点，最完美的人身上也有缺点。

关键是你从什么角度看问题。极好的家庭、极好的朋友和同事，这都是你积极乐观地对待周围的人的结果。如果以10分制来衡量人，你不妨设想遇到的每个人都可以拿10分，并在内心里相信他们能，且对他们说，你相信他们能。在大多数情况下，他们就真的会上升到你期待的高度。

寻找别人身上最好的东西，这会使他们对自己有良好的感觉，能促使他们成长，努力做到最好，并为自己创造出一个积极的、卓有成效的环境。

6.寻找新观念

新观念能增加积极思维者的成功潜力。正如法国作家雨果说的："没有任何东西的威力比得上一个适时的主意。"

有些人认为，只有世界上的天才人物才会有好主意，其实，好主意靠的不是天才，而是态度。一个思想开放的人，哪里有好主意，他就往哪里去。在寻找的过程中，他不轻易扔掉一个主意，直到他对这个主意可能产生的优点都彻底弄清楚为止。据说，世界最伟大的发明家爱迪生的一些杰出的发明，是在给某个失败的发明找一个额外用途的情况下诞生的。

7.不要斤斤计较

小事往往使人们偏离目标和主要事项，面对小事情的荒

谬反应值得反思：

瑞典于1654年与波兰开战，原因是瑞典国王发现在一份官方文书中，他的名字后面只有两个附加的头衔。

大约900年前一场蹂躏整个欧洲的战争竟然是因为摩德纳与博洛尼亚这两个意大利城市之间关于一个水桶的争吵而爆发的。

有人不小心把一个玻璃杯的水溅在托莱侯爵的头上，就导致了一场大战。

一个小男孩向格鲁伊斯公爵扔鹅卵石，导致了瓦西大屠杀和30年战争。

我们绝不可能因为一点小事而发动一场战争，但我们肯定能因为小事而使自己及周围的人不愉快。要记住，一个人为多大的事情而发怒，他的心胸就有多大。

8.培养奉献的精神

“舍得”这个词相当有意思，有“舍”才有“得”，给予即获得。

有一天，辛格和一个旅伴穿越高高的喜马拉雅山脉的某个山口，他们看到一个人躺在雪地上。

辛格想停下来帮助那个人，但他的同伴说：“如果我们带上这个累赘，我们就会送掉自己的命。”

辛格不想让这个人死在冰天雪地之中。由于意见分歧，辛格的旅伴独自走了。辛格背着那个人，用尽全力往前走，渐渐地辛格的体温使这个冻僵的身躯温暖起来，这个人活了，两个人并肩前进。当他们赶上那个旅伴时，却发现他被冻死了。

辛格无私的给予使他获得了生命，而他那无情的旅伴只顾自己，最后丢了性命。

很多人都认识到给予有巨大的力量，前任通用公司董事长哈里·布利斯曾忠告属下：“忘掉你的推销任务，一心想着你能给别人什么服务。”

他为什么会这样说呢？因为他发现没有人能拒绝一个尽心尽力帮助自己解决问题的人。与此相似，布利斯说：“我告诉我的推销员，如果他们每天早晨开始干活儿时这样想：‘我今天要尽可能多帮助人。’而不是‘我今天要推销尽量多的货’，他们就能找到一个跟买家打交道的更容易、更开放的方法，推销的业绩就会更好。谁尽力帮助其他人活得更愉快，更潇洒，谁就实践了推销术的最高境界。”